KB153016

韓國의 漢詩 31

秋齋 趙秀三 詩選

한국의 한시 31

추재 조수삼 시선

허경진 옮김

평민사

머리말

《조선평민한문학사》를 쓰면서 가장 흥미를 느꼈던 시인 가운데 한 사람이 바로 추재 조수삼이다. 그의 문집에서 처음 재미있게 읽었던 시는 여러 가지 모습으로 이름없이 살다간 민중들의 삶을 기록한 〈기이(紀異)〉 50수였다. 그러다가 〈북행(北行) 백절(百絶)〉을 읽어보면서 당대 사회 현실을 직시하는 조수삼의 시점에 대해서 관심을 가지기 시작하였다. 그러나 어디 이런 시들뿐이랴. 문집 8권 가운데 일곱 권이나 차지할 정도로 많은 그의 시들은 하나 하나가 모두 현실에 발딛고 서 있는 조수삼의 분신이기도 하다.

그는 어떤 의미에서 행복한 평민시인이었다. 남보다 오래 살았고, 많은 시를 지었으며, 중국과 우리 나라 곳곳을 여행하며 많은 것을 보고 들었다. 그래서 세상 사람들은 그가 열 가지 복을 지녔다고 하였다. 그 열 가지란 풍도(風度)·시문(詩文)·공령(功令)·의학·바둑·서예·기억력·담론·복택·장수이다.

이번에 엮어서 옮겨내는 《추재 조수삼 시선》은 그가 지녔던 열 가지 복 가운데 아주 조그만 부분이다. 그나마 《추재집》 권7에 실린 〈외국죽지사(外國竹枝詞)〉와 공령시들은 하나도 손대지 못하였다. 《기이(紀異)》 부분까지 옮기고 나니 벌써 다른 시집의 갑절 분량이나 되었기 때문이다. 홍경래의 난을 다룬 〈서구도올 (西寇檮杌)〉은 〈해설〉에서 부분적으로 옮기

면서 설명하였다. 아쉬운 대로 이 책이 조수삼과 그가 살았던
18, 19세기를 이해하는 데 조금이라도 도움이 되었으면 다행
이겠다.

1997년 1월
허경진

차례

부록

제1부

秋齋
趙秀三

밤에 앉아서

夜坐

혼자 앉아 더위를 식히노라니
오늘밤 따라 달도 더욱 밝아라.
무너진 담장에는 비 올 기색이 짙고
촛불을 돋우니 벌레소리 모여드네.
병을 추스리려고 즐기던 것들도 미루고
솟구치는 정을 잊으려 시를 불사르네.
티끌세상의 일일랑 저절로 끊어버렸지만
내 홀로 맑기를 좋아해서는 아니라네.

獨坐宜消暑、　　　今宵又月明。
壞墻深雨色、　　　高燭聚蟲聲。
節飮緣調病、　　　焚詩欲忘情。
自然塵想絶、　　　非是喜孤淸。

강마을에서 부질없이 읊다

江村謾詠 三首

2.

오만한 벼슬아치들은 당읍의 대부 같은데
관청 문이 바로 물소리 나는 곳에 앉아 있네.
고기 꾸러미는 날마다 공물로 바쳐지고
임금 계신 도성으로 말바리가 이르네.
세금을 바치기에 천 사람 몫으로도 무거운데
나르는 배들은 다섯 고을 것으로도 모자란다네.
벼슬아치들 등불 돋우고 한 자 넘는 물고기를 자랑하며
철따라 물건이 생긴다고 기뻐들하네.

傲吏如棠邑、   官門坐水聲。
苞魚歸日貢、   騎馬到王城。
牙稅千夫重、   帆檣五郡輕。
挑燈誇滿尺、   時物喜生成。

기러기 소리를 들으며
聞鴈

한 조각 구름 속의 기러기가
기럭기럭 우노라니 봄이 가고 다시금 가을일세.
남으로 왔다가 갑자기 북으로 가면서
세상 사람들의 머리만 세게 한다네.

一點雲中鴈、　　嗃嗃春復秋。
南來忽北去、　　白盡世人頭。

학을 노래하다
詠鶴

머리는 복숭아빛을 빼앗은 듯
꼬리는 왕희지 먹물에 젖은 듯해라.
오동나무에 부슬부슬 비가 내리는데
한 발 걷어 올리고서 봉래산을[1] 꿈꾸네.

頭奪桃花色、   尾濕羲之墨。
梧桐蕭蕭雨、   捲足夢蓬萊。

■
* 여덟 살 때에 지었다. (원주)
1) 신선들이 산다는 삼신산, 즉 영주산·방장산·봉래산 가운데 하나이다.
   우리 나라에서는 예전부터 영주산을 한라산에, 방장산을 지리산에, 봉
   래산을 금강산에다 견주었다.

국은선생의 옛집에서

麴隱故居

내 나이 열두 살 때에
선생께서 남쪽 변방으로 가셨지.
떠도는 발걸음 돌아올 줄 모르더니
묵은 풀만이 슬프게 남아 있네.
무너진 오두막엔 나무들만 우거졌으니
처자식들 몸 붙일 땅조차 없네.
오늘 다시 이곳을 지나면서
지난날 헤어지며 지은 시를 다시금 읊어보네.

吾年十二時。　　　夫子出南陲。
未返飄蓬跡、　　　空餘宿草悲。
弊廬深樹木、　　　無地托妻兒。
今日經過處、　　　重吟舊別詩。

집을 옮기면서
移居 四首

2.
동네 이름이 향교라기에 이웃으로 옮겼더니
선비 집은 뵈지 않고 시장바닥의 티끌만 보이네.
어린 아이들 문밖에 나가 장난칠까 걱정되니
제기(祭器)들을 집안에 차려 놓고 글과 예절을 가르쳐야지.

坊名鄕校始遷隣。　　不見儒宮見市塵。
恐使稚兒出門戲、　　講筵樽俎室中陳。

3.
향교방 앞으로 시장길이 가로놓여
한두 푼 다투며 날마다 쌈박질하네.
요즘 사람들이 예전 사람의 아름다움을 다 떨어뜨렸으니
너는 지저분한 것 싫어해도 나는 동네 이름이 좋아라.

鄕校坊前市路橫。　　刀錐閭左日紛爭。
今人盡墜前人美、　　爾厭湫卑我愛名。

4.

향교방 가운데를 돌아다녀 보니
푸주간과 술집이 아침부터 열렸네.
두어 칸 오두막에서 글 읽는 소리 속에
세상일과는 거리가 먼 한 수재가 있네.

鄕校坊中去復回。　　屠門沽肆趁朝開。
數間破屋書聲裡、　　只有迂踈一秀才。

이사열에게 화답하다

和李大雅 二首

1.

반가운 손님은 산수와 같아서
아침마다 보아도 싫지 않아라.
높은 품격은 방외에 걸출하고
기이한 기백은 술 취하면 보겠네.
문필로 산다고 왕공도 가볍게 보며
도시락 하나 살림으로도 즐거워하네.
인생이 모두 꿈과 같건만
잠을 자도 한단의 꿈은 꾸지 않는다네.

佳客如山水、	朝朝不厭看。
高標方外出、	奇氣酒中觀。
文墨輕千駟、	家居樂一簞。
人生都是夢、	寐亦少邯鄲。

■
* 원제목의 대아(大雅)는 상대방의 존칭이다. 문집의 바로 앞장에도 이대
  아에게 화답하는 시가 2수 실려 있는데, 그 아래 작은 글자로 사열(士
  說)이라 덧붙어 있다.

백량이 오다
伯兩至

숨은 선비들의 전기와[1] 유림의 전기에서[2]
백 년 뒤에는 내 이름을 찾으리라.
북쪽 대궐에 글 올려 도리를 논하기에도 지쳐서
그림 같은 남산을 마주하고 문을 굳게 닫았네.
그대가 술을 가지고 찾아왔으니 푸른 눈으로[3] 맞아야지.
거문고에 줄은 없지만[4] 본래의 마음을 보이네.
십 년 동안 칼 한 자루를 걸어 놓기만 해서
칼집 속에선 속절없이 늙은 용이 신음하네.[5]

■

1) 《후한서(後漢書)》 권83에 〈일민열전(逸民列傳)〉이 실려 있다.
2) 《후한서》 권79 상·하에 〈유림열전〉이 실려 있다.
3) 진(晉)나라 때에 죽림칠현의 한 사람이었던 완적이 상을 당하였는데, 혜희(嵆喜)가 찾아와 문상하자, 흰 눈으로 쳐다보았다. 흘겨본 것이다. 백안시(白眼視)라는 말은 여기에서 나왔다. 그러나 그의 아우인 혜강(嵆康)이 술과 거문고를 가지고 찾아오자 검은 눈으로 맞아들였다. 백안시와는 반대로, 반갑게 맞는다는 뜻이다.
4) 도연명이 음률을 알지 못해, 줄 없는 거문고 한 장을 마련해 두고, 술이 알맞게 취하면 문득 어루만지며 자기 마음을 부쳤다. - 소명태자 〈도정절전(陶靖節傳)〉
5) 전욱(顓頊)에게 예영(曳影)이라는 칼이 있었는데, 병란이 일어나면 이 칼이 일어나서 그 방향을 가리켰다. 그 방향으로 공격하면 반드시 이겼다고 한다. 이 칼을 쓰지 않을 때에는 칼집 속에서 용이나 호랑이의 울음소리가 났다. 〈습유기(拾遺記)〉에 있는 이야기이다.

百歲吾名兩處尋。
南山如畫閉門深。
琴畜無絃見素心。
匣中空作老龍吟。

逸民傳後傳儒林。
北闕上書論道俙、
客來載酒逢青眼、
最是十年懸一劍、

몽당붓

秃筆

긴 칼은 아니지만 구름도 시원하게 쓸어버리고
팔분쯤 본따서 그리면 삼분쯤은 이뤄지네.
중서령의[1] 짧은 머리를 웃지들 마시게.
오히려 촌심이 있어서 나라님께 보답한다네.

非復長鋒快掃雲。　　八分模劃作三分。
中書短髮休相笑、　　猶有寸心能報君。

■
1) 중서령은 당나라의 벼슬인데, 한유(韓愈)의 〈모영전(毛穎傳)〉에서 붓을
　중서령 또는 중서군(中書君)으로 이름붙인 뒤부터 관성자(管城子)와 아
　울러 붓의 별칭이 되었다.

백상에게 화답하다
和伯相

천지를 헤아리니 오두막집도 넓은데
쓸쓸한 흰 머리에 선비관을 썼네.
집에 좋은 대나무가 많아 사람들이 피리를 불고
손님에게 기이한 책이 있으면 나도 빌려서 보았네.
새놀음으로 섭생하니 얼마나 건강한지
쇠덕석으로 해를 보내면서도 추운 줄을 모르네.[1]
이듬해 봄에 꽃과 새가 만일 찾아준다면
금강산 제일봉에 있는 줄 알진저.

天地思量斗室寬。　　白頭寥落負儒冠。
家多好竹容人嘯、　　客有奇書借我看。
禽戲攝生差可健、　　牛衣卒歲未全寒。
明春花鳥如相訪、　　知在金剛第一巒。

---

1) 왕장이 병들었는데 덮을 것이 없었으므로, (거친 삼으로 얽어 엮은) 쇠덕
　석 속에 누웠다. -《한서》〈왕장전〉

산속에서 부질없이 짓다

山中謾詠 十首

1.

벌레소리 새소리가 피리와 거문고처럼 들리고
산과 물도 그림처럼 보이네.
《추재시집》한 권이 높이 있어도
알아 주지를 않네.[1]

絲管聆虫鳥、　　　繢圖觀山水。
一卷秋齋詩、　　　高處在沒字。

2.

쓸쓸한 시냇가 오두막에
매화 꽃잎이 비처럼 떨어지네.
주인이 늦도록 돌아오지 않자
얼어붙은 까치가 와서 문틈으로 엿보네.

寂寂磵邊廬、　　　梅花落如雨。
主人晩未歸、　　　凍鵲來窺戶。

■

1) 글이 새겨져 있지 않은 비석[沒字碑]은 겉모양이 훌륭하게 보이지만 가
치가 없다. 글 모르는 사람을 놀리는 말인데, "눈 뜬 장님"이란 뜻이다.

3.

살려는 뜻이 있어 자라는 풀에게 배우고
죽이려는 뜻을 버리려 바둑판을 밀쳐 놓았네.
요즘 들면서 병에 걸리지도 않아
얼굴과 머리가 날마다 빛나네.

學草存生意、　　　推枰棄殺機。
近來無疾病、　　　顔髮日光輝。

4.

관동에서 나그네가 왔는데
노을에 잠긴 산천 경치가 가슴속을 에워쌌네.
서로 만나서 물어보자마자
나오는 말마다 청산 이야기뿐일세.

有客自東關。　　　烟霞籠肺肝。
相逢試相問、　　　口口吐青山。

5.
흰 구름이 발 아래 있으니
오고 가는 자취를 그 누가 보랴.
세상을 피해서 살려는 뜻이 아니라
집이 본래 산중턱에 있기 때문이라오.

白雲在屨下、   誰復見行蹤。
非關逃世志、   家本住中峯。

6.
산봉우리 달빛이 촛불보다도 환하고
시냇가 흰 눈이 고기비늘처럼 반짝이네.
하늘을 우러르건 땅을 내려보건 내 마음속엔
한 점 티끌도 찾아볼 수 없네.

峯月皎於燭、   溪雪動鱗鱗。
俛仰吾心地、   都無一點塵。

7.

책상머리에서 붓을 던지고 일어나며
안방에 들어가 처자식에게 알렸네.
〈종저방〉²⁾ 한 권을 다 베껴 놓았으니
내년에는 배불러 죽을 게라고.

床頭投筆起、　　　入屋告妻子。
抄盡種藷方、　　　明年飽欲死。

8.

아내는 언제나 길쌈질하고
아이들은 채마밭에 물을 주는데,
나만이 옛사람 동고자³⁾ 같아
문을 닫아걸고 글만 짓는구나.

■
2) 감자 심는 법을 설명한 책인데, 여러 종류가 있다.
3) 당나라 문장가인 왕적(王績)의 호인데,《동고자집》3권이 전한다. 송나
　라 문인 대민(戴敏)의 호도 동고자인데, 시를 짓는 것을 즐길 뿐이었지
　과거시험을 보지는 않았다.

妻常分績火、　　兒解灌園蔬。
我似東皐子、　　閉門惟著書。

9.

내 지은 책이 삼십 편인데
세상의 속된 기운이 조금치도 없네.
남들에게 빌려 주지도 않고
때때로 나 자신을 위로할 뿐이라네.

吾書三十篇、　　絶無烟火氣。
不復借人看、　　時時聊自慰。

동쪽 포구에 배가 돌아오다
東浦歸帆

강마을에선 고기와 쌀을 값도 묻지 않고
입 큰 고기며 길쭉한 입쌀을 날마다 장사한다네.
남쪽 봉우리 높이 올라가서 바라보니
멀리 수없는 돛단배들이 푸른 하늘로 들어가네.

江鄕魚米不論錢。　　　巨口長腰日貿遷。
試向南峯高處望、　　　遠帆無數入靑天。

뽕따는 처녀
採桑女

다섯 이랑 밭에 여덟 식구가 딸린
처녀가 있네. 뽕 따는 처녀가 있네.
처녀 나이 열여섯에 아낙네 일 부지런해
버드나무 그네 친구들과는 어울리지도 않는다네.
십 리 벌 뽕밭에 봄볕이 따스한데
새벽에 깨니 벽창가에서 비둘기소리가 들려오네.
부드러운 가지 너풀거려 머리채를 낮추고는
야르르 기름진 잎을 가느다란 손으로 따네.
가지 휘어잡고 잎을 따면 어느새 해가 높아
연기 같은 녹음 저 멀리 농막이 아득해라.
광주리를 채우다 보니 땀방울이 떨어지는데
따고 또 따서 마음대로 담는구나.
처녀는 얌전해서 그대로 봄빛이건만
사또는 무슨 심사로 어정거리나.
돌아오니 어머니가 많이 땄느냐 물으셔
흡족히 대답하고는 잠실로 들어갔네.
석잠 잔 누에가 고치를 짓자마자
명주 짜라는 독촉에 북소리가 울리네.
부질없이 고생하니 누에 치는 처녀가 불쌍하구나
관청에 쌓인 비단 모두 네 손에서 나왔단다.

五畝之田八口家、　　　有女有女條桑女。
女年十六女工勤、　　　不隨柳傍鞦韆侶。
十里公桑春載陽、　　　曉起碧窗聞鳩語。
柔條飄拂翠鬟低、　　　沃葉蔥蘢纖手舉。
攀條摘葉日向午、　　　綠陰如烟隔野墅。
綵筐盈盈滴汗粉、　　　採之纑之隨意貯。
雙蛾窈窕自春色、　　　五馬徘徨何意緒。
歸來阿母問多少、　　　好向春閨養蠶所。
蠶到三眠欲成繭、　　　且待促織鳴我杼。
可憐蠶女空辛苦、　　　官箱疋帛皆出汝。

송도를 지나면서 만월대에 오르다

過松京登滿月臺

그 옛날 고려의 왕궁터가
오늘은 풀밭 속에 있네.
노래하고 춤 추던 땅을 돌아보니
처량한 바람 속에 갈가마귀만 우네.

舊時高麗宮。　　今日草木中。
回看歌舞地、　　啼鴉喚凄風。

송도

松都 二首

2.

서방님은 장사한다고 말채찍 울리면서 떠나
관북과 호남으로 몇 해나 지나다니시나.
석류꽃이 다 지도록 돌아오지 못하시니
단오날에는 누구와 함께 그네 구경을 하랴.

阿郎販貨去鳴鞭。　　　關北湖南度歲年。
落盡榴花猶未返、　　　端陽誰復看秋千。

보름날 풍속시

上元竹枝詞

종이연(紙鳶)

누런 실과 흰 실이 어울려 서로 노려보며
위아래 바람이 하루 종일 다투네.
찬 바람소리가 어디서 일어나는지
모든 사람들 머리 들어 푸른 하늘을 쳐다보네.

黃絲白線細相同。　　　竟日惟爭上下風。
寒嘯一聲何處起、　　　萬人擡首碧霄中。

종루 종소리 듣기(聽鍾)

네거리 동쪽 백 척이나 되는 누각 쪽으로
온 성안의 수레와 말들이 모두 머리를 돌리네.
스물여덟 번 치는 우레 소리가 하늘 너머로 울리니
어두운 티끌이 비가 내리듯 달빛 속에 떠다니네.

十字街東百尺樓。　　　滿城車馬盡回頭。
廿八雷車空外響、　　　暗塵如雨月中浮。

다리밟기(踏橋)

다리 위에 노니는 사람이 만 겹이나 서 있는데
다리 아래 봄물에는 달빛 밝게 떠있네.
양쪽 언덕에서 노래 부르며 서로 화답하는데
땅에 가득한 매화는 새벽 바람에 흔들리네.

橋上遊人立萬重。　　　橋邊春水月溶溶。
行歌兩岸遙相答、　　　滿地梅花五夜風。

돌싸움(石戰)

성북과 성남의 젊은이들이
마주서서 돌 던지니 비처럼 흩날리네.
울타리 뜯고 기와 깨는 것이야 아까울 게 없지만
우리 편이 크게 달아나지만 말게 해주소.

城北城南惡少羣。　　　當場飛石雨紛紛。
撤棚毀瓦渾無惜、　　　莫使吾隣致大奔。

단원의 시골집 그림에 부치다
題檀園田家樂圖

시골로 돌아가 은거할 생각 오래 되어
부귀도 성안에 머물도록 붙잡지는 못하였네.
집안을 전해줄 만한 좋은 자제가 있는데다
아름다운 산수를 얻어 집 지을 땅도 정하였네.
동고생은 거문고 울리며 책을 읽고
방산자는 사나운 매에다 빠른 노새를 기르네.
논밭의 벼와 보리는 푸르게 물결치는데
소 돼지 우리는 한낮이라 한가하네.
계집종은 들밥을 내가느라 물레를 잠시 멈추고
어부는 날 저물자 나무꾼 따라 돌아오네.
솔언덕에 구기자와 국화, 오동나무에 강물결 치니
밭 갈고 낚시하는데 임금의 힘이 내게 무에랴.
세상 사람들은 왜 천종의 녹을 이야기하나
사또의 행차가 문앞에 지나가도 부럽지 않아라.
김생은 언제부터 나의 지음이[1] 되었기에
어찌 이다지도 내 평소 마음을 잘 그려내었나.

■

1) 백아(伯牙)가 거문고를 타는데 높은 산에 뜻이 있으면, 종자기(鍾子期)
가 듣고서 "태산과 같이 높구나."라고 말하였다. 흐르는 물에 뜻이 있
으면, 종자기가 듣고서 "강물처럼 넓구나."라고 말하였다. 백아가 생각
한 것을 종자기가 반드시 알아 맞혔다. 종자기가 죽자, "지음(知音)이 없
다."면서 백아가 거문고 줄을 끊었다. -《열자》〈탕문(湯問)〉편

모름지기 이 그림 속으로 돌아가
오늘 한가히 노닐며 그대 위해 시를 읊으리라.

隱淪久意歸田里。　　富貴不使居城市。
傳家旣有好子弟、　　卜築又得佳山水。
鳴琴讀書東皐生、　　豪鷹駿驟方山子。
麥塍稻壟綠灣灣。　　牛欄豬圈白日閒。
繅車時停饁婢出、　　漁人暮隨樵子還。
松陵杞菊桐江波。　　耕釣我於帝力何。
世上何論千鍾食、　　門前不羨五馬過。
金生豈與我知音。　　安能寫我之素心。
會須歸去此圖中、　　今日臥遊爲君吟。

여름날 그윽하게 머물면서

夏日幽居與大匏分陶孟夏草木長繞屋樹扶踈

9.

잘못은 터럭에서 시작되지만
끝내 연나라와 월나라만큼이나 달라지네.
이단 사설이 날로 횡행하니
바른 학문을 장차 누가 붙들건가.
거친 물결은 이미 언덕까지 올라온데다
사나운 짐승들까지 길을 가로막았는데,
앉아서 보기나 할 뿐, 구해낼 수가 없으니
선비라는 이름이 부끄러워라.
맹자께서는 당당히 《춘추》 필법을 이어받아
양주를1) 베이셨건만.

■

* 원 제목이 길다.
  〈여름날 그윽하게 머물면서 대포(大匏)와 더불어 도연명의 시에서 "맹
  하초목장(孟夏草木長) 요옥수부소(繞屋樹扶踈)" 열 자의 운을 나눠 시를
  짓다〉이다. 모두 10수인데, 이 시는 그 가운데 아홉 번째 글자인 부(扶)
  자를 운으로 썼다.
1) 묵자의 학설을 버리고 나오면 반드시 양주에게로 돌아가고, 양주의 학
  설을 버리고 나오면 반드시 유학으로 돌아오게 된다. 유학으로 돌아오
  면 받아줄 따름이다.
  지금 양주나 묵자의 학파와 변론하는 자들은 마치 놓친 돼지를 쫓듯이
  몰아댄다. 이미 우리 안에 들어온 돼지를 또 쫓아가서 발을 묶는 격이
  다. -《맹자》 권14 〈진심〉 하

過謬始秋毫、　　竟歸燕越殊。
邪說日橫行、　　正學誰將扶。
洪瀾旣襄陵、　　猛獸又當塗。
坐視不能救、　　所愧名之儒。
堂堂繼麟筆、　　鄒聖誅楊朱。

채련곡

採蓮曲 五首

1.

연잎 사이 사이에 가을 물이 맑고
연꽃 깊은 곳에서 노랫소리가 들리네.
붉은 꽃잎 다 떨어지고 목란배만 무거운데
십 리 빈 모래밭에 조각달이 떠오르네.

荷葉中間秋水淸。　　　荷花深處聽歌聲。
紅衣落盡蘭舟重、　　　十里空洲片月生。

길가 장승에게

戲路邊長栍

한결같은 얼굴에 엄연한 몸뚱이
기다랗게 서서 말없이 몇 해나 지났던가.
세상 사람들이 모두 너만 같다면
천하에 시비할 사람이 아무도 없으리라.

依然面目儼然身。　　　長立不言問幾春。
若使世間皆似爾、　　　應無天下是非人。

대나무 그림을 그려준 윤중에게
시를 지어 사례하다

允中餽墨竹詩以爲謝

벗님이 내게 무엇을 주었나
푸른 대나무 그림을 주었네.
손에 닿으면 풍운이 일어날 듯
속이 비었으니 추운 시절을 맡길 만해라
부드러운 싹은 봉황이 쪼아 먹고
마디마다 늙은 용이 꿈틀거리네.
흰 눈이 천지에 가득하니
대나무 이 친구를[1] 즐겨 볼 만하네.

故人何所贈、　　贈我靑琅玕。
觸手生風韻、　　虛心托歲寒。
猗猗餘鳳啄、　　節節老龍蟠。
白雪滿天地、　　此君方可看。

■
1) 대나무를 좋아하던 왕휘지나 소동파가 모두 대나무를 "이 친구(此君)"라
　 고 하였다.

그윽하게 살면서

幽居雜詩 四首

1.

나는 본래 밭이나 가는[1] 산속의 사람
흰구름 향그런 나무로 이웃을 삼았네.
흰머리로 분주히 성안을 돌아다니다가
눈을 들어보면 수레의 먼지가 날마다 싫었지.
어린 아들은 내가 늙고 병이 많아
혼자서는 산수의 경치에 가까이하지 못할까봐,
누구의 집에선가 꽃떨기를 가져다가
여기저기 화분을 놓아 그윽한 경치를 두르게 했네.
너희들에게 한 번 웃어 보이며 남은 봄날을 즐기려니
벌소리만 뜨락에 가득하고 한낮이 고요해라.

我本經畹山中人。　　白雲芳樹作四隣。
白頭捿屑游城市、　　擧目日厭車馬塵。
稚子憫余老多病、　　不能自致山水境。
鎭向誰家攬蔚叢、　　盆盎纍纍羅幽景。
爲汝一笑媚餘春、　　蜂聲滿院白日靜。

한강을 건너면서

渡漢江

이 년 동안 서울에 있으면서
말 타고 다닐 때마다 시름겨웠지.
우연히 산음의 흥취가 생각나
호수가의 놀이를 이야기했네.
석양에 둥근 벌판을 바라보니
봄눈을 가르면서 강물이 흐르네.
뱃길은 원래 정해지지 않았기에
바람에 흩날리며 갈매기에게 물어보네.

二年在京洛、　　鞍馬日生愁。
偶爾山陰興、　　薄言湖上遊。
夕陽圓野望、　　春雪劃江流。
舟楫元無定、　　飄飄問白鷗。

누워 있는 장승에게
戱臥長栍

오래 서 있기가 힘이 들어서
소나무 아래에 신선처럼 누워 있는가.
저에게 악착한 인간 세상을 물으니
희멀건 눈으로 푸른 하늘만 바라보네.

長立亦云苦、　　松下臥如仙。
問渠人世齷、　　白眼仰靑天。

소 탄 늙은이

騎牛翁

늙은 농부가 어미소를 타고
느릿느릿 시내 어구까지 왔네.
머리 돌린다고 소를 꾸짖으면서도
송아지가 뒤에 있는 것은 알지 못하네.

田翁騎母牛。　　　遲遲到溪口。
但叱牛回頭、　　　不知犢在後。

상고
上庫

1.

빈 산이란 본래 주인이 없는 법인데
무슨 일로 고간이라 이름지었나.
만고에 기이한 것 다 모아다가
깊이깊이 이 산에 간직해서라네.

空山本無主、　　何事庫名爲。
萬古聚奇玩、　　深深藏在茲。

2.

신령한 산은 나라의 보배라서
귀신이 어찌 허술하게 지키랴.
아마도 우공이[1] 올까봐 두려워
고간이라 이름 지어 소중히 지키는 게지.

靈山國之寶、　　神護豈尋常。
恐有愚公至、　　名言戒慢藏。

■

1) 나이 아흔 된 늙은이인데, 태형산과 왕옥산이 앞을 막아 드나드는데 번
　거로웠으므로, 집안 식구들과 함께 산을 파서 발해로 져다 날랐다. 상
　제가 그의 정성에 감동하여 과아씨의 두 아들에게 명하여 하나는 삭동
　(朔東)에 업어다 놓고, 다른 하나는 옹남(擁南)에 놓게 하였다. -《열자》
　〈탕문(湯問)〉편에 있는 이야기이다.

강남곡

江南曲

강남으로 가버린 무정한 님아
강남이라고 즐거운 땅 아니련만,
아름다운 배 타고 떠나가더니
삼 년이 지나도록 한 번도 아니 오네.

江南無情客、　　江南非樂地。
錦帆巴東去、　　三年一不至。

달구지꾼의 노래
牛車行

농사꾼 늙은이가 새벽에 나가
닭둥지같이 조그만 수레에 누렁소를 매었네.
겨울이 따뜻해 미끄럽던 길이 다 녹고
흙탕물이 콸콸 수레통까지 흘러드네.
몰이꾼의 채찍은 봄 우레처럼 요란하고
꾸짖는 소리는 깊게 갈라고 재촉하는 듯하네.
소는 백 척이나 되는 산이 움직이는 듯
수레는 만 섬이나 실은 배가 지나가는 듯,
움직이는 언덕이나 가는 배나 다같이 더디어
저녁밥 지을 무렵에야 다행히 돌아왔네.
높은 수레와 네 마리 준마가 어찌 없으랴만
평지에서 달리면 기울어져 위험하다네.
늙은이는 손자를 안고 소는 송아지를 낳았으니
대대로 밭이랑에서 길이 서로 따르겠네.

田家老翁晨出遊。　鷄棲小車駕黃牛。
冬暖路滑雪盡消、　泥水活活侵轂頭。
牧童鞭末春雷鳴。　叱叱怳疑催深耕。
牛如百尺山坡動。　車似萬斛江船行。
坡動船行兩依遲。　歸來幸能及昏炊。
豈無高軒與駿駬、　平道疾馳還傾危。
翁今抱孫牛生犢、　世世隴畝長相隨。

송도 가는 길에서
松京道中雜詠 八首

1.

성거산 아래에는 저녁 구름이 일어나고
돌사람 선 언덕 위에는 풀과 나무들이 가지런해라.
가는 말과 오는 소는 바쁘기만 한데
저녁노을은 옛궁터에 깔리지 않네.

聖居山下暮雲生。　　翁仲原頭艸木平。
去馬來牛忙似許、　　斜陽不滿古王城。

두류산 스님을 금강산으로 보내면서

送頭流僧入金剛

1

그대가 방장산으로부터 와서
봉래산으로 가려 한다니,
갈 길을 어찌 물어야만 하나
오직 달 뜨는 곳만 바로 보게나.

爾從方丈來、　　　欲向蓬萊去。
去路何須問、　　　但看月生處。

2.

금강이 어찌 하늘 위에 있으랴
바로 문에서 나설 때부터 금강이라네.
장차 갈 길이 멀다고 말하지 말게나
이미 온 길도 멀기만 했다네.

金剛豈天上、　　　只在出門時。
莫道將行遠、　　　還如已歷來。

■
 * 두류산은 일명 지이산이라고도 하고, 일명 방장산이라고도 한다. (원주)

3.

푸른 산은 철원부이고
푸른 잣나무는 김화 가는 길일세.
요즘 매미소리가 빨라지는 걸 보니
올해엔 가을이 일찍 찾아오네.

青山鐵原府、　　　翠柏金城道。
近日蟬聲急、　　　今年秋色早。

4.

금강산 일만 이천 봉
모두가 거사의 몸일세.
볼 때는 깨달음이 이렇듯 많더니만
돌아올 때에는 나 한 사람뿐일세.

一萬二千峯、　　　現我居士身。
作觀多如是、　　　歸來還一人。

그림과 시

東庄襍詠 十七首

1.

그림의 뜻과 시의 제재는 둘 다 본연인데
내가 탄 노새는 또 도봉산 앞에 이르렀네.
벗님이 혼자 차지하고 그윽히 사는 곳에서
지금 세상에서도 태초의 하늘을 다시 보네.
십 리 맑은 시냇물은 저절로 흐르고
한 줄 봄나무는 서로 이어져 서 있어,
자루 속의 붓으로 먹물을 무단히 찍어 냈으니
내일이면 온 서울에 어지럽게 전해지겠지.

畫意詩材兩本然。　　吾驢又到道峯前。
故人獨占幽棲地、　　今世重觀太始天。
十里清川流自在、　　一行春樹去相連。
無端染出囊中筆、　　明日紛紛洛下傳。

작은 집

小屋

작은 집이 교외의 들판 같아
성안의 시끄러운 소리가 들리지 않네.
채소 꽃은 잇달아 피고
그윽한 새는 번번이 내려오네.
오래된 우물엔 새벽 샘물이 뚝뚝 듣고
빈 뜨락엔 밤비가 내린 자취가 남았네.
주렴이 서늘하고 한낮이 고즈넉한데
책 읽는 손자 아이만 혼자 있구나.

小屋似郊原。　　不聞城市喧。
菜花開續續、　　幽鳥下番番。
井古晨泉滴、　　庭空夜雨痕。
簾凉生晝寂、　　惟有讀書孫。

농성에서

隴城雜詠 二十二首

1.

들자니 가산 고을에 도적이 일어나[1]
지난밤에 원님을 죽였다 하네.[2]
그 누가 도적질을 좋아서 하랴
굶주림과 추위를 견디지 못한 탓이지.
눈보라소리 사나운데
변방 산천에 한 해가 저무네.
조정에서 애통한 조서를 내렸으니
글자마다 눈물로 얼룩이 졌네.

聞道嘉州賊、　　前宵殺長官。
忍能爲寇盜、　　本不耐飢寒。
風雪邊聲急、　　關河歲色闌。
聖朝哀痛詔、　　字字涕汎瀾。

■

1) 홍경래가 1811년 12월 가산에서 풍수가 우군칙, 영졸 출신의 무과 급제
   자 이희저, 진사 김창시 등과 힘을 합하여 거사하였다.
2) 12월 18일 3경에 이희저의 부대가 가산군청을 습격하여 군수 정시(鄭
   蓍)와 그의 아버지 정노(鄭魯)를 죽였다.

3.

고을이 커서 남은 술이 있고
다락이 높아 북풍을 많이 받네
사람들은 영·호남으로 흩어졌는데
난리 속에서도 매화는 피었네.
칼 앞에서 마음은 오히려 장해지는데
천 편 시를 지었건만 늙어갈수록 궁색해지네.
아득히 서울을 바라보니
별과 달이 동쪽 하늘에 떴네.

邑大有餘酒、　　　樓高多北風。
人分湖嶺外、　　　梅發亂離中。
尺劍心猶壯、　　　千篇老更窮。
迢迢望京國、　　　星月在天東。

5.

내 젊었을 때에 두보의 시를 읽다가
저절로 처연해져서 눈물을 흘렸었지.
어지러운 날이 왜 이리 많은지
먼 길 나그네 되니 더욱 처량해지네.
집 소식은 아득해 알 수도 없는데다[3]
난리[4] 때문에 돌아갈 길도 막혀버렸네.

그 옛날 칠실의 아낙네처럼[5] 나라를 걱정해야지
어찌 감히 처자식부터 생각하랴.

少讀杜陵詩、　　凄然涕自垂。
如何多亂日、　　又此遠遊時。
家信無黃耳、　　歸程阻赤眉。
向來憂漆室、　　不敢戀妻兒。

6.
호랑이같은 관서지방 사람들
달래기 어려우니 슬프기만 해라.

■

3) 원문의 황이(黃耳)는 진(晉)나라 시인 육기(陸機)가 기르던 개 이름이
다. 육기가 서울에 머물 때 집에서 오래도록 편지가 오지 않으면, 황이
에게 "편지를 가지고 가라."고 시켰다. 육기가 편지를 써서 황이의 목에
다 걸어주면, 황이가 시골집까지 달려가서 답장을 받아왔다.
4) 원문의 적미(赤眉)는 난리, 또는 반란군을 뜻한다. 서한(西漢) 말엽에 왕
망이 한나라 왕실을 찬탈하였는데, 적장 번숭이 거(莒)에서 군사를 일
으키며 같은 무리인 왕망의 군사와 구별하기 위해서 눈썹을 붉게 칠했
었다.
5) 노나라 칠실에 사는 아낙네가 기둥에 기대어 서서 한숨을 쉬었다. 누가
"시집 못가서 슬퍼 그러느냐?"고 묻자, "노나라 임금이 늙었는데, 태자
가 어려서 걱정되어 그렇다."고 대답하였다. -《후한서》나 〈열녀전〉에
나오는 이야기다.

그들이 칼을 갈면 흰 눈빛 같고
말을 타면 바람을 쫓아달리네.
어찌 임금의 은혜에 젖어들지 않나.
도적 죽일 재주가 없는 건 아니라네.
자식처럼 대했다면 착한 백성이 되었겠지
하늘은 넓어서 가리지 않는다네.

兒虎關西子、　　　難馴亦可哀。
磨刀如雪色、　　　騎馬逐風來。
胡不霑王澤、　　　非無殺賊才。
推心爲赤子、　　　天網本恢恢。

8.
청천강 언저리에는 부자들이 많이 살고
백성들의 살림살이도 예나 이제나 넉넉했지.
하루 아침에 반란군의 소굴이 되더니
죽이고 치는 싸움이 솔숲까지 이르렀네.
불길이 하늘까지 치솟았건만
관군들은 거지반 돈만 탐내네.
홍경래나 우군칙의 머리 하나에
그 값이 천금으로 상금 걸렸네.

薩上多豪富、　　民居稱古今。
公然爲賊藪、　　斬伐及松林。
刦火干天運、　　官軍半貨心。
景來君則首、　　一級直千金。

10.

사방에서 무서워하며 바쁘게 달아나는데
관군 속에서 큰 외침이 들렸네.
나라에서 황급히 군사를 보내니
늙고 젊은 백성들이 도시락 싸들고 맞아들였네.[6]
관서지방 책임 맡은 부원수께선
동방의 한낱 썩은 선비에 지나지 않아라.
내 그를 만나서도 따라가지 않았으니
《손자》와《오자》병법 읽은 게 부끄러워라.

■

6) 포악한 군대에게 유린당하던 백성들이 자기들의 해방자를 환영하는 모습이다.
　"만승의 나라로 만승의 나라를 치는데, 밥 한 그릇과 물 한 그릇을 가지고 와서 왕의 군대를 환영한 까닭이 어찌 다른 데 있겠습니까? 물과 불의 재난을 피하려 했던 것입니다. 만약에 물이 더욱 깊어지고 불이 더욱 뜨거워진다면, 역시 다른 곳으로 옮겨갈 뿐입니다." -《맹자》권2〈양혜왕〉하

四境譬奔趨、　　三軍時大呼。
青冥下鈇鉞、　　白鬢捧簞壺。
西塞副元帥、　　東方一腐儒。
相逢未從去、　　愧我讀孫吳。

풍하창 가는 길에서

豊下倉道中

가을 시냇가 자갈길에 말발굽을 울리며 가니
어장에 날 밝으며 까마귀떼 모여서 우네.
사슴과 토끼 다니는 길이 산을 오르내리고
돌밭 판자집들은 개울 양쪽에 있네.
산속에 창고가 있고 창고엔 곡식이 있는데
창고지기는 세금을 재촉하며 제멋대로 채찍질하네.
관리가 십 년 동안 한 번도 오지를 않아
아낙네들은 다퉈가며 말 탄 나그네를 구경하네.
변변치 못한[1] 생애가 모두들 괴로워
밥 한 그릇 국 한 그릇까지 어지럽게 호소하네.
법에 따라 처리할 수 없어 빈 말로 위로하니
부처 없는 곳에서 부처라 불리는 내가 부끄러워라.

■
1) 석(石)은 한 섬이고, 담(儋)은 두 섬이다. 얼마 안 되는 곡식, 또는 변변
  치 못한 살림을 말한다.

秋磵犖确鳴馬蹄。　魚梁曉日群雅啼。
鹿逕兔蹊山上下、　石田板屋溪東西。
山中有倉倉有粟、　倉吏催租任鞭扑。
官長十年不一來、　婦孺爭看騎馬客。
儋石生涯各自苦。　簞豆細故紛相訴。
不能據法慰空言、　愧我稱尊無佛處。

변방을 순시하는 길에서 짓다
巡邊道中作

오랑캐를 막을 상책도 없건만
나를 보내며 술잔을 가득 따라주었네.
나라의 일이니 감히 사양치 못했지만
장수 재질이 모자라는 내가 많이 부끄러워라.
풍년이 들면 변방 곡식을 모으고
농사 짓다 틈나면 봉수대를 쌓았네.
변변치 못한 재주가 술지게미 같아
병법을 이야기해도 역시 고루해라.

防胡無上策、　　　送客有深杯。
不敢辭王事、　　　多慙乏將才。
豊年積邊農、　　　穀隙築烟臺。
碌碌皆糟粕、　　　談兵亦固哉。

군막에 들어와서
入左寨

젊어서 벼슬할 뜻을 저버렸더니
늙어서 조그만 공훈도 없네.
급한 공문이 수자리 병졸을 부른다기에
역마를 타고서 강가에 다다랐네.
허리에 찬 칼은 하늘로 솟고
머리 속의 문장은 돌에 새길 만하건만,
아득한 천 년 뒤에
그 누가 조참군을[1] 알아주랴.

少負請纓志、　　老無橫草勳。
羽書徵戍卒、　　馹騎赴河濆。
腰下冲霄劒、　　腦中勒石文。
寥寥千載後、　　誰識趙參軍。

■
1) 참군은 한나라 때부터 있었던 벼슬인데, 군사 참모의 일을 맡았다. 중요
   한 직책이어서 많은 문인들이 참군으로 이름을 날렸는데, 이 시에서는
   조수삼 자신을 뜻한다.

병자년 생일날

丙子初度

1.

내 나이 열다섯 스무살 때엔
양친이 다 계셨지만 어머님만 남으셨네.
세 형제 가운데 내가 가장 어린데
어려서부터 병이 많아 더욱 가엾게 여기셨지.

我年十五二十時。　　堂有兩親親止慈。
兄弟三人我最少、　　少多疾病尤憐之。

4.

재앙과 환난이 아직도 그치지 않아
두 형은 모두 죽고 누이도 병들었네.
아아, 내 인생이 왜 이리 더딘지
생일상을 마주하고 눈물만 흘리네.

禍患年來況未竟。　　二兄俱亡一妹病。
嗚呼我生良亦遲、　　當餐自然聲淚迸。

■
* 병자년은 1816년이니, 55세 되던 해이다.

묘향산에 들어가다

入香山

땅이 오래되어 신령스런 자취도 많으니
크고 깊은 산으로는 묘향산을 든다네.
나라를 다시 일으킨 서산대사도 있었고
이 나라 첫임금인 단군왕검도 나왔네.
설법을 듣고는 물고기도 울었고
지팡이 날리자 호랑이도 숨었다네.
불가에서는 기달산이라고도 부르니
우리 나라가 바로 서방세계일세.

地古多靈蹟、　　山深聞妙香。
中興爺釋將、　　首出有檀王。
聽法魚龍泣、　　飛節虎豹藏。
佛天名怾怛、　　東國是西方。

■
* (묘향산은) 일명 기달산이라고도 한다. 또 어읍(魚泣)과 표복(豹伏)은 둘
  다 지명이다. (원주)

병중에 아내더러 머리를 빗겨 달라고
부탁하다

病中倩內子梳頭

서리 위에 눈까지 덮혀 몇 뿌리 남지 않고보니
검은 머리 틀어얹던 때가 더더욱 새로워라.
경대에 비춰보고 한 번 웃어보이며
머리 벗겨진 영감이 마누라더러 빗겨달라네.

舊霜新雪幾莖餘。　　　猶憶靑絲結髮初。
可與齊臺添一笑、　　　禿翁頭倩禿婆梳。

새하곡

塞下曲

가을 하늘 변방 성 위에 깃발이 휘날리고
군사들의 갑옷이 햇빛 받아 반짝이네.
군사들이 올 때에 천자가 말을 내려
용성 천리에 말굽소리 가벼워라.

高秋旗脚動邊城。　　漢甲鱗鱗向日明。
天子來時親賜馬、　　龍城千里四蹄輕。

귀양간 아들 검을 그리워하다

檢子在謫四年國有慶典家人意其有還使僮來
迎而獨見枳於法曹家僮竟空歸

1.

쓰라린 옥살이로 삼 년이나 묶여 있다가
산 넘고 강 건너 천 리 길을 걸어갔었지.
길 가던 사람들도 눈물을 흘렸다니
어버이된 마음이야 어찌 다 말하랴.
오늘에야 은사를 입어 풀려날 줄 알았더니
아직도 남은 재앙이 있어 내 이름에 연좌되었구나.
아득한 천지에 원한만 쌓였으니
아이를 낳아놓고 어미가 죽는 심정이구나.

楚獄三年繫、	江潭千里行。
猶堪路人泣、	何況止慈情。
大霈逢今日、	餘殃坐我名。
茫茫穹壤恨、	母死隔兒生。

▪

* 이 시의 원 제목이 무척 길다. 〈아들 검이 귀양간 지 4년이나 되었는데, 마
  침 나라에 경사가 생겼다. 그래서 집안 사람들은 검이 용서를 받고 돌아
  오리라 생각하여, 머슴을 시켜서 맞아오게 하였다. 그러나 검만 혼자 법
  관에게 그대로 묶여 있게 되어, 맞으러 갔던 머슴이 끝내 그냥 돌아왔다.〉

2.

온 세상 만물들은 봄을 맞았건만
그늘진 벼랑에는 아직도 뿌리가 말라붙었네.
고요는[1] 법을 그르치지 않았고
밝은 임금께서도 너그러운 은사를 내리셨건만,
대사령이 내릴 땐 기뻐서 뛰다가
편지를 받아보니 눈물만 흐르네.
사 년 동안이나 늑대와 호랑이 굴에서
아직도 네가 살아 있다니 오히려 괴이하구나.

匝域回春煦、　　　　陰崖有槁根。
皐陶無枉法、　　　　明主本寬恩。
赦下方懽忭、　　　　書來還淚痕。
四年豺虎窟、　　　　怪爾尙生存。

■
1) 제자 도응이 맹자에게 물었다.
　　"순임금이 천자로 있고 고요가 법관으로 있는데, 순임금의 아버지 고수
　　가 사람을 죽였다면 (고요가) 어떻게 했을까요?"
　　맹자가 말하였다. "고요가 고수를 잡아 왔겠지."
　　"그렇게 하면 (효자인) 순임금이 말리지 않을까요?"
　　"순임금이 어떻게 말릴 수 있겠느냐? 고요가 전해 받은 법이 있다."
　　- 《맹자》권13 〈진심〉상

3.

너를 맞아오려고 머슴을 보냈더니
너는 오지 않고 머슴만 돌아왔구나.
내게는 법을 맡은 권한 없으니
어찌 남들을 원망할 수 있으랴.
아아, 내가 너와 다시 만나려면
얼마나 더 기다려야 할까.
산새는 무슨 괴로움이 있는지
밤새도록 꽃가지에서 울고 있구나.

僕至欲迎兒、　　僕歸兒不來。
獨無司命者、　　安用怨人爲。
與汝倘相見、　　嗟吾能幾時。
山禽有底苦、　　終夜哭花枝。

신안관에서 섣달 그믐을 보내며

新安館歲暮 十絶

6.

청천강 남북에 모두 흉년이 들어
눈 덮인 굴뚝에는 밥 짓는 연기 끊어졌네.
자루에 가득 돈이 있어도 배 불릴 수가 없어
떠도는 백성들이 서로 끌면서 강원도를 향하네.

江南江北告年凶。　　烟火蕭條雨雪中。
滿橐黃金難一飽、　　流民提挈向關東。

■

* 신안역 : (정주) 고을 안에 있으며, 말이 10마리이다. 대동에 속해 있다.
　－《신증동국여지승람》 제52권 〈정주목〉 〈역참〉조

오늘이 새해라네
今日新年

네 살에 처음 글을 배우고
다섯 살 때부터 글을 지었지.
여섯 살엔 역사를 읽었고
일곱 살부턴 경전을 엿보았지.
여덟 아홉 살부터 시와 문장을 지어
청운의 뜻을 빛내기 시작하였지.
열두서너 살부터 백일장에 나가
여러 사람 앞에서 재주를 뽐내었네.
광형은 친구들보다 뛰어나게 시를 논하고[1]
동방삭은 묘책을 바쳐 밝은 임금께 쓰였다지만,[2]

■

1) 광형(匡衡)은 한나라 문장가인데, 자는 치규(稚圭)이다. 경전 해석에 밝고 특히 시를 잘 논하였다.
2) (한나라) 무제 시절에 제나라 사람 가운데 동방생(東方生)이라는 자가 있었는데, 그의 이름은 삭(朔)이었다. 그는 옛부터 전해오는 서적을 좋아하고 경술을 사랑하였으며, 경술 이외의 다른 허다한 서적들도 많이 읽었다. 동방삭이 처음 장안에 도착하였을 때에 공거서(公車署)에 이르러 상서를 올렸는데, 그 상서는 삼천 개의 죽간을 사용하여 쓴 장편이었다. 공거서에서 두 사람이 함께 그 글을 들도록 해서야 겨우 들어올릴 수 있을 정도였다. 황제가 그 상서문의 맨 위부터 읽기 시작하여, 중단하면 그곳에 표시하여 두고 또다시 읽고 하여, 2개월 지나서야 다 읽을 수 있었다. 그 뒤 황제는 동방삭을 낭관에 임명하고, 항상 신변에서 보좌하도록 하였다. -《사기》권136권 〈골계전〉
만천(曼倩)은 동방삭의 자다.

일찍이 총명했다가 도리어 불행해져
늙어가며 허송세월 이름 남길 게 없네.
연석(燕石)과 어목(魚目)으로 다퉈 값을 올리지만
그런 자와 사귀기는 정말 부끄러워라.
사방을 돌아다니며 많이 보고 거쳐
옛사람 남긴 글과 숨은 이야기를 구하였네.
어찌하면 내가 몇 년 세월을 얻어
오로지 저술에만 힘을 기울일 수 있으랴.
오늘이 새해라서 한 번 즐기고 싶은데
관가에서만 술 거르며 염소와 돼지를 삶는구나.

四歲始學書、	五歲能屬文。
六歲誦史傳、	七歲窺典墳。
八歲九歲作詞賦、	蜚光的爍磨靑雲。
十二三四出戰藝、	奮臂一呼靡千軍。
匡晰說詩折流輩、	曼倩獻策干明君。
人生早慧亦不幸、	老大碌碌空無聞。
燕石魚目競售價、	短胠薄蹄羞同羣。
四海周流多閱歷、	遺文逸事求辛勤。
安得假我數年暇、	專精著述窮朝曛。
今日新年一可樂、	官槽壓酒烹羔豚。

한산섬

閒山島 二首

1.

동해를 바라보니 동쪽으로 끝이 없네.
동쪽 사람이 서쪽을 바라봐도 이러하겠지.
만리 파도 저 멀리에서
왜놈들이 삼한 땅을 쳐들어 왔었지.
한산섬에 이르고 보니 참으로 든든해라
사람들이 충무공을 영웅으로 받드네.
고기비늘만 보아도 거북선을 보는 듯
순풍과 역풍 마음대로 날리는 듯 달리네.

東望東溟東復東。　　東人西望亦應同。
如何萬里波濤外、　　來# 三韓國界中。
地到閒山眞保障、　　人如忠武極英雄。
一鱗可見龜船制、　　隨意飛揚順逆風。

압록강을 건너며

渡鴨江

의주 객관에 하루 밤새 눈이 내려
아전들이 말하길 얼음이 굳게 얼었다네.
이제 얼음 위로 건너면
강 건너 땅에서 새해를 맞이하겠지.
푸른 산이 말 머리를 에워싸고
차가운 해가 사람의 앞에 떨어지는데,
세 강 어구를 가리키기에 보니
수자리에 가물가물 연기가 보이네.

一宵灣館雪、　　候吏告氷堅。
行矣又今渡、　　悠哉將隔年。
蒼山圍馬首、　　寒日落人前。
指點三江口、　　微茫見戍烟。

급사 유연정에게
– 이름은 희해이다.

劉燕亭給事 喜海

집은 낡았지만 아름다운 나무에 기대어 있고[1]
벼슬에는 청렴하지만 옛돈을 모아 지녔네.[2]
그대 선친의 인덕이 오늘까지도 남아
먼 나라 나그네가 그 시를 외워 주었네.[3]
그대와는 삼대나 교분이 있는데다
내가 그대보다 몇 년 맏이지.
그대가 엮은 《해동금석록》을
아물아물한 눈으로나마 한 번 정정해 주네.[4]

■
1) 군의 집에는 붉은 등나무가 있는데, 매우 오래되었다. (원주)
2) 3대 이후의 옛돈전들을 모았다. (원주)
3) 그의 선친이 건륭 경술년(1790)에 나와 더불어 주고 받았던 시를 내가
   그에게 외워 주었다. (원주)
4) 군이 편집한 《해동금석록》을 내가 정정해 주었다. (원주)
   청나라 고증학자 유희해(1794-1852)의 자는 길보(吉甫)인데, 산동의 명
   문 유패순(劉佩循)의 맏아들로 태어났다. 당시 금석고증학의 대가인 옹
   방강(翁方綱)의 학풍을 이어받았다. 추사 김정희를 비롯한 조인영·권돈
   인 등에게 부탁하여 우리 나라의 금석문들을 탁본하게 하였는데, 이 탁
   본들을 추사의 제자인 역관들이 중국 가는 길에 전달하여 《해동금석존
   고(海東金石存考)》와 《해동금석원(海東金石苑)》을 간행하게 하였다.

屋老依嘉樹、　　官淸蓄古錢。
大人餘德業、　　遠客誦詩篇。
於子交三世、　　推余長數年。
海東金石錄、　　霧眼一重詮。

딱딱이 치는 야경꾼
擊柝行

초경이 되자 야경꾼의 딱딱이소리가 딱딱 들리네.
앞에선 종소리에 뒤에선 북소리까지 거리가 시끄러워지네.
말은 번개처럼 달리고 수레는 우레소리를 내며
사람마다 자기 집 향해 발걸음을 재촉하네.
이경이 되자 딱딱이소리 더욱 커지고
큰길에 이슬 내려 티끌 한 점 없네.
술집과 찻집도 모두 문을 닫고
이따금 등불빛만 벽 밖으로 새나오네.
삼경 사경에도 딱딱이소리 잇달아 들리는데
침침한 만호 장안은 단잠에 취하였네.
아마도 장군께서 착하신 관원인지
아침해 퍼질 때까지 잘들 재우라 부탁하신 게지.
딱딱이 치는 그대 야경꾼들에게 묻노니
밤에는 칡베 옷에 가을 서리가 스며들 테지.
오경 이후의 딱딱이소리는 차마 듣기 어려운데
성머리에는 지는 달만 희부옇구나.
천 리 나그네가 동쪽 나라를 그리워하는데
돌아가는 기러기가 남쪽 구름 속에서 우네.
야경꾼들이야 위나라 공자를 어찌 알랴만
선비도 뜻 얻지 못하면 저렇게 다닐 수밖에.[1]
딱딱이꾼이야 듣는 자의 시름을 어찌 알랴

손 가는 대로 치면서 내 귀를 놀라게 하네.
구중궁궐 대문이 날 밝은 뒤에 열리면
수레 탄 관원들을 길가에서 구경하네.

一更擊柝聲格格。　前鍾後鼓喧城陌。
馬如奔電車如雷、　人皆各歸相促迫。
二更擊柝聲轉大。　長街露下無塵壒。
酒肆茶坊盡閉門、　時有燈光漏壁外。
三更四更若珠纍、　沈沈萬戶方酣睡。
將軍知是好官員、　朝日申嚴約部吏。
借問擊柝子爲誰、　近夜秋霜侵葛帔。
五更以後不堪聞、　惟見城頭落月白。
千里遊子思東國、　一聲歸雁叫南雲。
侯生豈識魏公子、　士不得意皆如此。
擊者安知聽者愁、　渠自信手驚吾耳。
九關魚鑰平明開、　道傍坐看車騎來。

■
1) 높은 자리를 사양하고 낮은 자리에 있어야 하며, 부귀를 사양하고 청빈
하게 살려면 어떻게 해야 좋을까? 문지기나 야경꾼 정도라면 좋을 것이
다. -《맹자》〈만장〉 하

신묘년 설날
辛卯元日

내 어릴 적에는 잔병이 많았지만
말을 배우면서부터 이미 시를 지었지.
몸이 여위고 약해서 목숨 부지하기 어려운데다
마음이 가볍고도 밝아 스스로 위태함을 느꼈었네.
해마다 흰머리가 늘어나지만
날마다 붉은 얼굴을 보니,
인생칠십고래희 오늘 아침에 다 찼지만
내 인생에는 아직도 끝이 없구나.

成童猶善病、　　　學語已能詩。
脆薄將難保、　　　輕明輒自危。
年年生白髮、　　　日日見丹姿。
七十今朝滿、　　　吾生未有涯。

■
* 신묘년은 1831년이니 70세 되던 해이다. 6차 연행 중에 이 시를 지었다.

문을 닫고서
閉門

경원 선생이 나이 칠십 되자
두어 칸 초가집에서 문을 닫고 사네.
늘 굶주리니 밥을 잘 먹어 나물도 씹을 수 있고
천한 신분이라 늘 걸어 다니지, 수레를 기다리지 않네.
참으로 사랑한 사람들은 지나간 세상이 되었으니
가장 관심있는 일은 아직 이루지 못한 책뿐일세.
종이연과 대나무말 가지고 노는 어린 아이들을
눈 아래 바라보며 저들 마음껏 놀게 하네.

經畹先生年七十、　　　數間茅屋閉門居。
飢腸健飯能咬菜、　　　賤分徒行不俟車。
眞可愛人過去世、　　　最關心事未成書。
紙鳶竹馬群童戱、　　　眼底紛紛一任渠。

산속
山內

산속에 들어오면 모두가 복지여서
대대로 농사 지으며 살기로 했네.
석청은 임금께 세금으로 바치고
은어를 잡으면 물값으로 바치네.
풀밭을 태워 콩과 조를 심고
나무에 홈을 파서 가지와 오이에 물을 대네.
무릉도원을 찾아가려 했더니
푸른 시냇물에 복사꽃잎이 떠내려오네.

入山皆福地、　　　世世作農家。
石蜜輸王稅、　　　銀魚上洑沙。
燒雲耕菽粟、　　　刳木浸茄苽。
我欲尋源去、　　　靑溪泛落花。

강진

康津 二首

2.

풍년 들기를 바라지 않고 흉년 들기를 바라니
흉년 들면 혹시나 세금을 줄여줄까 해서라네.
목화가 피기도 전에 무명부터 먼저 내라 하고
벼를 거두기도 전에 세금부터 독촉한다네.
아무리 좋은 약이라도 백성들 병을 고치기는 어려우니
조정에 바라기는 어진이를 보내주소서.
큰 고을 작은 고을 모두 다 퇴락했으니
열흘 동안 남쪽을 다녀보아도 모두가 한 모양일세.

不願豊年願儉年。　　儉年租賦或停蠲。
綿將吐雪先徵布、　　禾未登場趣稅田。
上藥難醫黎首疾、　　中朝只仗簡心賢。
名城顉國多寥落、　　十日南來一盡然。

겨울비가 내리는데 밤새도록 등불 아래서 붓 가는 대로 쓰다

冬雨終夕燈下隨筆 四首

1.

돌아보니 모든 일이 다 헛일 되었고
아름다운 집에 향그런 연기도 한바탕 꿈일세.
남은 여생에 통한이나 없을는지
삼하성 위에서 가을바람에 우네.

回頭萬事總成空。　　　玉殿香烟一夢中。
最是餘生無恨痛、　　　三河城上哭秋風。

2.

한낮 길가에서 고리쇠마저 훔쳐 가고
성밖에 날뛰는 호랑이를 막지도 않네.
요임금 순임금은 나의 일이 아니니
한평생 책 읽던 마음을 헛되이 저버리네.

街頭白日竊鉤金。　　　郭外縱橫虎不禁。
堯舜君民非我事、　　　一生虛負讀書心。

3.

사냥하던 주왕을 만나지 못했다면
위천의 어부 강태공을 그 누가 알았으랴.
그대에게 묻노니 날고 뛰는 손으로
어찌 여든 되도록 서창 아래서 바둑이나 두었던가.

不遇周王卜獵時。　　　渭川漁父有誰知。
問渠八十鷹揚手、　　　何似西窓一局棋。

4.

사립문 앞길은 미끄럽게 얼어붙었고
밥 짓는 연기만 쓸쓸한 마을에 비가 내리네.
뒷날《열조시집》소전을 엮으며
굶주려 죽은 조지원을 그 누가 알아주랴.

寒泥滑滑壓柴門。　　　烟火蕭條雨滿村。
異日列朝詩小傳、　　　誰知飢死趙芝園。

금선암에서 더위를 피하며

金仙庵避暑 六首

1.

내 늙어 도연명처럼
걷는 대신에 가마를 타건만,
빈 산엔 더운 기운이 없어
하루 내내 샘물 소리를 들으며 걷네.
담박한 음식은 가난과 병에 알맞고
한가한 생활은 내 성정에 어울리네.
어린 손자가 능히 깨달을 줄 알아
시의 뜻이 그림 속에서 이루어지네.

我老似淵明。　　肩輿代步行。
空山無暑氣、　　終日踏泉聲。
淡食宜貧病、　　閑居適性情。
小孫能見悟、　　詩意畫中成。

시단의 노장
偶閱舊篋見燕都諸公推余爲詞壇老將書此識
之

《사기》 열전에 일흔 살 염파장군이
한 끼에 쌀 한 말과 고기 열 근을 먹었다지.[1]
다섯 섬 무게의 활을 당겨 명중시키고
갑옷 입고 말에 올라타 몸을 날렸다지.
밥 한 말로 크게 배 불리는 장수를 아직도 상상할 수 있으니
모래밭 휩쓰는 바다물결 같고 구름을 거두는 바람 같아라.
아아, 나는 늘어진 버들가지처럼 약한 몸이어서
솜 넣은 옷을 입기에도 몸에 힘겹네.
도시락 하나에 국 한 그릇으로도 벌써 배가 가득 차
안개 속에 걷는 것처럼 눈은 언제나 희부옇네.
옛사람에게도 요즘 사람에게도 미치지 못하니
영웅과 소인을 어찌 분별하랴.

■

* 원 제목이 길다. 〈우연히 옛 책상자를 뒤지다가 연도(燕都: 북경)의 여러
  시인들이 나를 "시단의 노장"이라고 추켜세운 글을 보고 이 시를 짓다〉
1) 조나라 장군 염파(廉頗)의 이야기는 《사기》 권21 〈염파 인상여 열전〉에
   실려 있다. 도양왕이 조나라 임금으로 즉위하면서 염파를 장군으로 임
   명하지 않자, 염파는 위나라 대량으로 달아났다. 뒤에 조나라에서 염파
   가 다시 필요해지자, 왕이 사자를 보내 염파가 아직도 장군으로 쓸 만한
   지 살피게 하였다. 조나라 사자가 염파를 만나자, 염파가 한 번 식사에
   밥 한 말과 고기 열 근을 먹고, 갑옷을 입고 말에 올라탔다. 아직도 쓸
   만하다는 것을 보인 것이다.

90

곰이나 범처럼 굳센 기운이 어찌 있으랴
변변치 못하나마 몇 글자를 알 뿐일세.
시단의 노장으로 잘못 추대되었으니
중원에 다녀온 것이 스스로 부끄러워라.

史傳七十廉將軍。　　一飯斗米肉十斤。
弓挽五石射命中、　　披甲上馬身飛翻。
據案大嚼猶可想、　　海浪淘沙風捲雲。
嗟余蒲柳劇裏謝、　　力綿不能勝衣裙。
簞食豆羹腹已果、　　空花遠霧眸常昏。
古人今人縱莫及、　　英雄豎子何相分。
桓桓安有熊虎氣、　　碌碌徒辨虫魚文。
詞壇老將謬推轂、　　鞭弭周旋愧中原。

씀바귀를 캐다

采苦

여러 아이들은 다투어 냉이를 캐건만
늙은이만은 혼자서 씀바귀를 캐네.
약삭빠른 아이들이 늙은이를 비웃네.
"버릴 나물과 캘 나물을 어찌 살피지 않으시지요?
달면 삼키고 쓰면 내뱉는 것은
사람마다 모두 아는 것인데."
늙은이가 아이를 보고 말했네.
"이리 오너라. 내 가르쳐주마.
냉이는 맛이 달아 사람마다 앞을 다투며
캐고 또 캐어 성한 땅이 없지만,
씀바귀는 쓰다고 누구나 다 내버려
마당과 채마밭을 가득 뒤덮었단다.
남이 내버린 것을 캐먹기는 쉽지만
다투는 데 끼어들면 죄를 질까 두렵단다.
씀바귀의 쓴 맛이야 익숙해지면 그만이지만
냉이를 다 캐먹으면 발길 돌릴 곳이 없어진단다.
쓴 맛에 익숙해지면 목구멍과 혀만 쓸 뿐이지만
갑자기 쓴 것을 먹으면 뱃속까지 쓰게 된단다.
입에 넣어 세 치만 지나면
달거나 쓰거나 매 한가지란다.
나는 살면서 참으로 고생이 많아

온갖 쓴 맛을 일찍이 듣고 보았단다.
양반이 아니니 천한 신분 고달팠고
부자가 아니니 가난이 고달팠지.
날카로운 발톱과 어금니가 없어 굶주림이 고달팠고
털과 깃이 적어 추위가 고달팠지.
관청에 군포를 바쳐야 하니 아낙네도 고달팠고
밭에서 세금을 내야 하니 남정네도 고달팠지.
문으로 나갈 때마다 고개를 숙여 고달팠고
방 안에 누워도 기둥에 닿아 고달팠지.
깨끗하지 못해 얼굴 모습이 괴로웠고
아양을 떨지 못해 말하기도 괴로웠지.
봄갈이할 때에는 가뭄으로 괴로웠고
가을걷이 때에는 긴 장마가 괴로웠지.
김맬 때에는 긴 호미자루가 고달팠고
나무할 때에는 무딘 도끼가 고달팠지.
아내가 울부짖을 때엔 남편된 게 고달팠고
아이가 울 때엔 아비된 게 고달팠지.
풍년 들면 세금이 고달팠고
흉년 들면 장리 쌀이 고달팠지.
양떼를 모는 듯한 채찍질이 고달팠고
호랑이를 보는 듯 아전 때문에 고달팠지.

걱정은 즐거움의 근본이고

괴로움도 즐거움의 근본이어서,

고생이 다하면 즐거움이 온다고

옛부터 옳은 말씀이 전해 온다.

괴롭게 행해야 어진 선비가 되고

듣기 싫은 말도 해야 밝은 임금을 깨우친단다.

너희들도 보아라. 부귀한 사람에게도

괴로움이 또한 헤아릴 수 없이 많단다.

부자는 도주와 의돈을[1] 넘어서려 괴롭고

양반은 공·경·재상에 오르려고 괴로워한단다.

괴로울 것이 없는데도 스스로 괴로움을 구하여

마음대로 살아갈 수가 없단다.

내가 캐는 씀바귀가 비록 쓰다고 하지만

배불리 먹고 나면 두 다리 펴고 잔단다."

이 이야기를 내가 몰래 들어보니

장저와 걸닉이라도[2] 만난 것 같아.

■

1) 춘추 시대의 부자들인데, 도주공(陶朱公)은 살림을 늘여서 부자가 되었
   고, 의돈(猗頓)은 소금을 팔아서 부자가 되었다. 두 사람 다 《사기》 권
   129 〈식화전(殖貨傳)〉에 실려 있다.

2) 장저(長沮)와 걸닉(桀溺)이 함께 밭을 가는데, 공자가 그곳을 지나다가
   자로에게 나루를 묻게 하였다. 그러자 장저가 자로에게 물었다.

두 번 절하고 도를 들으려 하였더니
늙은이는 벌써 구름 낀 언덕으로 사라졌네.
돌아와 이 말을 차례대로 써두고
몸에 지니며 때때로 어루만지네.

群童競采薺、　　　老翁獨采苦。
童點笑翁癡、　　　胡不審棄取。
人情所共知、　　　甘吞苦卽吐。
翁乃向童曰、　　　來汝吾當詁。
薺甘衆輒爭、　　　挑挖無完土。
苦苦人皆棄、　　　綿連被場圃。
取棄易食力、　　　趨爭畏罪罟。

■
"저기 수레에 타고 있는 이는 누구인가?"
자로가 말했다.
"공구(孔丘)이십니다."
그가 다시 말했다.
"노나라의 그 공자 말인가?"
자로가 말했다.
"그렇습니다."
그가 말했다.
"그 사람이라면, 나루가 어디 있는지 알고 있을걸세."
-《논어》제18〈미차〉

且習苦之苦、薺罄不旋武。
習苦苦咽舌、猝苦苦心腑。
纔過三寸後、甘苦同一腐。
吾生良苦人、百苦嘗記睹。
苦賤無貴族、苦貧非富戶。
苦飢乏爪牙、苦寒少毛羽。
婦苦納官布、男苦輸田賦。
門苦出低首、室苦臥觸柱。
貌苦鮮皎潔、語苦不媚嫵。
春耕苦亢旱、秋穫苦多雨。
亅草苦長鑱、斲樵苦鈍斧。
妻號苦所天、兒啼苦爲父。
樂歲苦徵斂、凶年苦糴簿。
鞭扑苦驅羊、胥吏苦闞虎。
憂是樂之本、苦乃甘之祖。
苦盡而甘來、格論傳諸古。
苦行爲賢士、苦諫悟明主。
君看富貴人、苦亦不勝數。
富苦跨猗陶、貴苦致公輔。
無苦自求苦、不遑任仰俯。
我菜雖云苦、飽眠舒兩股。

余時窃聽之、　　意與沮溺迕。
再拜欲聞道、　　翁去入雲塢。
歸來次斯言、　　襟帶時時撫。

사마시에 합격한 날

司馬唱榜日口呼七步詩 二首

1.

뱃속에 든 시와 책이 몇백 짐이던가.
올해에야 가까스로 난삼을[1] 걸쳤네.
구경꾼들아 몇 살인가 묻지를 마소
육십 년 전에는 스물셋이었다네.

腹裡詩書幾百擔。　　今年方得一襴衫。
傍人莫問年多少、　　六十年前二十三。

---

1) 생원이나 진사에 합격하였을 때 입던 예복인데, 녹색이나 검은색 단령
   에다 각기 같은 색의 선을 둘렀다.

붓을 꺾으며
絶筆口呼

아름다운 글 짓기가 평생 버릇되었는데
어제 적송자를 만나 의아하게 여겼었네.
내 이리 총총히 갈 기별인 줄이야 어찌 알았으랴
흙탕물에 적셔졌음을 스스로 깨닫겠네.

綺語平生餘結習。　　昨逢松子意猶疑。
那知符到忽忽去、　　自覺和泥拖水時。

■
* 88세 되던 기유년(1849) 5월 6일에 지었다. (원주)
　《추재집》권6 끝에 실려있는 마지막 시이다.

제 2 부

북행(北行) 백절(百絕)

나는 스무 살 때부터 사방으로 돌아다니기를 좋아하여 지금 머리가 희어질 때까지도 그만두지를 못하니, 이것은 버릇인가? 아니면 운명이라고 할 수 있을까?

임오년(1822)에 관북지방에 갈 일이 생겨서, 춘삼월에 떠나 초겨울에 돌아왔다. 날수로 따져보면 거의 이백여 일이나 걸렸고, 거리로 쳐도 일만여 리나 되었으니, 내 평생 돌아다니면서 이처럼 오래고 멀었던 적이 없었다. 게다가 외진 산골과 바닷가까지 깊고 험한 곳을 두루 다니면서 이무기·용·범·표범을 비롯하여 도깨비와 귀신에 이르기까지, 또 가죽옷 입는 오랑캐나 요망스런 도적의 일에 이르기까지, 직접 찾아다니며 귀로 듣고 눈으로 보지 않은 것이 없었다. 때로는 나무 열매를 먹고, 풀숲에서 잠을 자기도 하였다. 이는 젊은 장정이라도 할 수 없는 일이니, 나같이 노쇠한 자가 제대로 돌아온 것은 참으로 다행이었다. 이 여행 도중에 듣고 본 사실들을 절구 100편에 담아, 〈북행 백절〉이라고 이름하였다. 전기(錢起)의 〈강행(江行)〉 고사에 따른 것이다.

– 〈서(序)〉에서

1. 포천 가는 길에서(其一 抱川道中)
우거진 수풀 너머 작은 주막이 있고
어지러운 물 사이로 거친 길이 뻗었네.
여러 봉우리들이 물들인 듯 푸르러
영주산인 것을 멀리서도 알겠네.

小店平蕪外、　　　荒道亂水間。
數峯靑似染、　　　遙認永州山。

2. 양원을 바라보며(其二 望梁園)
이번 길은 글 지으러 가는 것 아니니
또 양원을 향하여 길을 떠나네.
멀리 바라보니 부슬부슬 눈이 내리는 듯
배꽃이 나무에 가득 피었네.

此行非作賦、　　　又向梁園路。
遠見雪紛紛、　　　梨花開滿樹。

3. 풍전역(其三 豊田驛)
보리는 누렇게 시들었고
밀은 푸른 채로 말랐구나.
주리고 흉년 들어 얼굴마다 시름겨운데
어느 곳이 내 가는 풍전이든가.[1]

大麥黃而萎、　　　小麥靑且乾。
飢荒愁溢目、　　　何處是豊田。

4. 철원 골짜기에서(其四 鐵峽)

옛굴에 용과 구렁이가 살다 떠났다더니
깊은 산에는 새와 짐승도 드물구나.
숲이 깊어서 비라도 내릴 듯한데
높은 봉우리에는 저녁노을이 비꼈네.

古窟龍蛇去、　　　深山鳥獸稀。
森沈疑有雨、　　　高處見斜暉。

6. (其六)

스러진 산은 궁예의 옛나라이고
늙은 나무가 선 곳은 철원성일세.
무덤이 있건만 제사하는 사람이 없고
사람들은 해마다 화전 일구러 산으로만 들어가네.

殘山弓裔國、　　　古木鐵原城。
有墓無人祭、　　　年年入火耕。

■
1) 풍전역: (강원도 철원도호부) 남쪽 30리에 있다. -《신증동국여지승람》
　　제47권 〈철원도호부〉 역원(驛院)조

7. 보리여울(其七 麥灘)[2]

익은 보리는 찧어서 시장에 내보내고
덜 익은 보리로 저녁밥을 짓는구나.
보릿고개만 넘재도 힘들어 지치는데
어쩌자고 보리여울까지 또 있단 말인가.

春白趁虛市、　　　殺靑充夜餐。
麥嶺斯難過、　　　如何又麥灘。

8. 평강(其八 平康)

고을이 푸른 산속에 있어
길이 높다보니 사방의 산이 낮아뵈네.
봄빛은 푸른 풀에 젖어들었는데
사람은 발길을 떼어 역루 서쪽으로 가네.

縣在靑山裡、　　　路高山四低。
霏霏春草色、　　　人去驛樓西。

■

2) 해마다 보리 익을 때가 되면 백성들의 식량 사정이 매우 어려워지기 때
문에 "보릿고개"라고 하는데, 이는 지내기 어려운 사정을 말한 것이다.
익은 보리는 찧어서 시장에 가져다 팔고, 익지 않은 보리는 막 빻아서
밥을 짓는데, 이것을 살청(殺靑)이라고 한다. (원주)

9. 삼방 골짜기에서(其九 三防谷)[3]

어지러운 봉우리들이 담장처럼 둘렸으니
울타리와 문을 다시 세울 필요가 없네.
한낮이 되도록 밥 짓는 연기는 없고
집집마다 칡뿌리만 찧고들 있네.

亂峯環似堵、　　　不復設籬門。
日午無烟火、　　　家家擣葛根。

12. 추가령에서(其十二 鄒家嶺)

산속 주막집에 해는 아직도 지지 않았건만
주인 늙은이는 손님을 붙들며 자고 가라네.
나무꾼이 전하는 말을 들으니
동쪽 마을에서 호랑이가 송아지를 물고 갔다네.

山店日未西、　　　主翁挽人宿。
傳聞樵子語、　　　虎噉東隣犢。

13. (其十三)

동쪽 골짜기에 황사장이[4] 있어
낟알도 꾸어주고 돈도 빌려주네.

■
3) 당시에 큰 흉년이 들어 백성들이 칡뿌리를 먹었다. (원주)
4) 사창(社倉)의 곡식을 관리하는 사람, 또는 촌장을 가리킨다.

이웃에 사는 열세 집이
흉년인 줄도 모르고 산다네.

東峪黃社長、　　　借糧兼乞錢。
鄰居十三戶、　　　了不覺荒年。

14. (其十四)
굶어 죽은 시체가 길에 나뒹굴어도
회양은 누워서 다스린다네.
사또에게 묻노니, 급장유여[5]
어느 때가 되어야 창고를 여실텐가.

餓莩多橫道、　　　淮陽可臥治。
借問汲長孺、　　　發倉能幾時。

15. (其十五)[6]
발을 구르며 아이와 늙은이를 재촉하니
모두들 서울 가는 길이라고 하네.
봄바람이 부황든 얼굴에 스치는데
저 먼 서울에는 어느날에나 들어가려나.

■
5) 급장유의 이름은 급암(汲黑音)이고, 장유는 그의 자이다. 창고 문을 열
　어서 백성을 구제하며 선정을 베풀었던 급장유가 한나라 회양태수였으
　므로, 마침 회양을 지나다가 이 시를 지은 것이다.
6) 유랑민들이 모두 서울을 향하여 가는데, 밤낮으로 길에 그치지 않았다.
　(원주)

頓足呼童叟、　　　皆言上漢京。
春風吹菜色、　　　何日入東城。

16. (其十六)⁷⁾
오생은 거지를 잘 그렸는데
물감 쓰고 먹 쓰는 법이 옛부터 신에 통했네.
이러한 솜씨로 어떻게 그리려는지
그림이 다 그려지면 임금님께 바쳐야겠네.

吳生畵流丐、　　　粉墨昔通神。
此手那能作、　　　圖成獻紫宸。

17. (其十七)⁸⁾
서울 장안은 십만 호건만
부자는 역시 많지 않은데,
가엾기도 해라, 저들은 발이 부르트도록
밟고 밟아서 여섯모의 모래를 만들려 하다니.

京城十萬戶、　　　富者亦無多。
憐渠已繭足、　　　空踏六稜沙。

■

7) 평양의 오생은 거지를 잘 그려서 호를 오개자(吳丐子)라고 하였는데, 내
가 어렸을 때에 그를 보았다(흉년에 떠도는 유랑민들의 참상을 그려서 임
금에게 전하고 싶다는 뜻이다). (원주)
8) 서울사람의 속담에 "세모난 모래를 밟아서 여섯모난 모래를 만들어도
밥 얻어 먹기가 어렵다."는 말이 있다. (원주)

18. (其十八)

솔껍질까지 벗겨 온 산이 희어지고
풀뿌리까지 뽑아 들에는 푸른빛이 없네.
올 보리가 있다고 말하지 마소
누렇게 말라든데다 황충이까지 덤벼들었다오.

剝松山盡白、   挑草野無靑。
莫道來牟在。   乾黃又# 蝗。

19. 삼방 어구에서(其十九 三防口)

철령[9]은 남과 북의 경계인데
만고 전부터 푸른 하늘에 꽂혀 있네.
그 누가 이 길을 열어 놓았는지
활에다 비한다면 활줄을 타고 가는 셈일세.

鐵關南北限、   萬古挿靑天。
此路何人闢、   由弓直走弦。

■
9) 철령은 대관령과 경계한 고개인데, 천연의 험한 요새이다. 삼방으로 가
는 작은 길은 비교적 가깝고도 평탄하다. 그러므로 옛부터 이 길을 폐하
고 다니지 않은 까닭은 깊은 뜻이 있었기 때문이라고 하는데, 근년에 금
령이 느슨해져서 나그네들이 잇달아 다니고 있다. (원주)

21. 학성(其二十一 鶴城)10)

작은 목노집에 살구꽃이 흩날리고
술청에선 나그네들이 서로 떠드네.
시루에선 구수하게 떡이 방금 익었고
흰 사발에는 막걸리를 새로 걸러서 따르네.

杏花飛小壚、　　　壚上客相呼。
甑香餠初熟、　　　甌白酒新蒭。

22. (其二十二)

녹봉을 떼어내어 백성들 세금을 물어주고
창고를 열어서 굶주린 백성을 구하였네.
할미 할애비에다 어리석은 자들까지도
혀가 닳도록 어진 사또를 자랑하네.

割俸充租錢、　　　開倉賑飢口。
翁媼至愚者、　　　噴舌誇賢守。

23. 원호(其二十三 黿湖)

원포의 수천 집들은
집집마다 비단옷을 입었네.

---

10) 흉년이 크게 들어 길가 주막집에는 술이나 떡이 없었다. 그러다가 학
　성에 들어서자 시장 사람들이 흉년인 것을 알지 못했다. 들어보니 사또
　가 현명하여서 흉년에 대처하여 잘 다스렸기 때문이라고 한다. (원주)

무학국사가 일찍이 이 땅을 보고서
돈 쌓이는 사(砂)가 여기 있다고 했었네.[11]

竈浦數千家、　　　　家家曳綺羅。
學師曾相地、　　　　云有積錢砂。

24. (其二十四)
가을이 되면 말이 곡식에 파묻히고
포구 가까이선 개들도 고기를 물고 다니네.
곡식이 쌓아지고 고기들도 밀려드니
배와 수레마다 가득가득 실어나르네.

秋登禾沒馬。　　　　浦近犬銜魚。
委積將波及、　　　　輕舟與重車。

25. (其二十五)
바닷물이 넘쳐 흘러든지 십 년이나 되었는데[12]
마을 모습은 아직도 쓸쓸하구나.
개와 닭들도 예전엔 기름졌으니
생각해 보면 그때가 전성기였지.

■
11) 무학국사가 일찍이 말하기를, "이 호수 가운데 섬들은 모두 돈이 쌓이
　는 사(砂)가 될 것이다."고 하였다. (원주)
12) 경오년(1810) 여름에 해일이 밀어닥쳐 천여 호 인가가 물에 잠겼었다.
　(원주)

溟漲今十年、　　　　村容向蕭瑟。
雞犬有光輝、　　　　憶昔全盛日。

26. (其二十六)
고깃배들이 그물을 감당치 못해
파도에 떠밀려 먼 바다로 밀려가건만,
벼슬아치들은 집안에 깊이 들어앉아
생선국만 후루룩 들여마시네.

漁艇不勝網、　　　　飄搖截海行。
官人坐深屋、　　　　頓頓喫魚羹。

29. 마랑도(其二十九 馬廊島)
추운 섬은 말 기르기에 마땅치 않아
한겨울 지내는 동안 많은 말들이 얼어 죽는다네.
봄이 오면 관가에서 그 까닭을 물을 테니
밭 팔고도 모자라 자식까지 판다네.[13]

寒島不宜牧、　　　　三冬馬多死。
春來還故失、　　　　賣田兼鬻子。

■
13) 나라의 법 가운데 말을 고의로 잃어버리는 자를 징계하는 조항이 있
　　다. 이 섬은 매우 추워서, 얼어 죽는 말이 많다. 그래서 해마다 그 (죽어
　　버린) 숫자를 목자들에게 거둬들이므로, 목자들이 감당하지를 못하였
　　다. (원주)

30. (其三十)

보릿고개 넘기느라 쭉정이 다섯 말 꾸어다간,
가을 되면 알곡 열 말을 실어다 바친다네.
잘 찧은 쌀들은 다 어디로 갈까
아전들의 창자만 날마다 배불리겠지.

秋輸十斗米、　　　春糶五斗穀。
精鑿歸何處、　　　日飽吏人腸。

31. 정평(其三十一 定平)

금당못 삼십 리
마름 속에 고기들이 널렸네.
해마다 복사꽃 필 때쯤이면
관가의 배에는 기생만 실리네.

金塘三十里、　　　魚在荇# 裡。
每年桃花節、　　　官船載紅妓。

32. (其三十二)

지난해 봄엔 물고기가 많이 올라와
회 치고 굽는 냄새가 이웃 고을까지 풍겼었다지.
〈진황기〉에 보니 그런 해 가을엔
곡식이 안된다더니 정말 그러네.

前春魚大上、　　　膾炙厭傍州。
見說秦皇記、　　　其年未有秋。

33. (其三十三)

다리 널판자가 남강으로 떠내려가자
곡식을 실은 배가 북쪽 바다로 올라왔네.
땅은 남북으로 나뉘었지만 백성은 나뉘지 않았으니
덕을 기리는 비석이 이곳에 남아 있네.[14]

橋板漂南江、　　　船粟來北海。
分土不分民、　　　遺頌碑斯在。

36. (其三十六)[15]

어젯밤 대문령에서[16]
도적이 사람을 죽이고 넘어갔다네.

■

14) 박문수(朴文秀)가 영남관찰사로 있을 때에 관북에 큰물이 나서 그곳의
　　다리 널판자가 영남 바닷가까지 떠내려왔다. 박공은 (관북에 큰물이 난
　　것을 알고) 그날로 곡식 십만 석을 배에다 실어, 겨울이 되기 전에 관북
　　으로 들여보냈다. 그래서 지금까지도 그 다리목에는 "영남관찰사 박공
　　영세불망비(永世不忘碑)"가 서 있다. (원주)
15) 어젯밤 어느 사람이 무명 두 필을 가지고 고개를 넘어가다가 도적을
　　만났는데, 도적이 무명을 빼앗고 그를 칼로 찔러 죽였다. 도적은 고개
　　아래 있는 객주집에 내려왔다가 객주집 주인에게 들켜 잡혔다고 한다.
　　(원주)
16) (함경도 홍원현) 동쪽 30리에 있다. 산줄기가 서쪽에서 동쪽으로 뻗었
　　는데, 남쪽으로 구부러져 바닷가까지 이른다. 고개를 따라 서성(西城)이
　　있고, 성에 문 세 개가 있어 길을 통하게 하였다. 서쪽 문을 대문(大門)

슬프다 무명 두 필로
몇 해 신을 버선이나 만들겠다고.

前夜對門嶺、　　　有人相殺越。
哀哉二疋綿、　　　能作幾年襪。

38. 황초령(其三十八 黃草嶺)

남쪽 고개에는 구름이 첩첩 쌓였는데
북쪽 고개에는 하늘이 한 줌일세.
붉게 떨어진 꽃잎을 즈려밟다가
흰 눈을 보고 깜짝 놀랐네.

南嶺雲千疊、　　　北嶺天一握。
盡踏落花紅、　　　驚見氷雪白。

39. (其三十九)

옛날 장진고을에 들렀을 때엔
다락도 높고 연못에는 배도 띄웠는데,
이제 와 보니 백 이랑 밭에는
보리물결만 바람에 넘실거리네.[17]

■

　이라 하고, 가운데 문을 중문(中門)이라 하며, 남쪽 문을 석문(石門)이
　라고 한다. 석문은 바닷가에 있고, 세 문의 거리가 모두 3리쯤 된다. 우
　왕 때에 심덕부가 왜적과 고개 북쪽에서 싸우다가 크게 패하였다. -
　《신증동국여지승람》제49권 〈홍원현〉〈산천〉조
17) 장진 옛 고을에는 아름다운 연못과 다락이 있어서 내가 계유년(1813)

昔入長津府、　　　樓高池泛舟。
今來田百頃、　　　風麥浪油油。

40. (其四十)

옛 고을에선 삼과 보리가 잘 되더니
새 고을에선 은과 금이 나네.
금과 은 부스러기를 캐느라고
일만 이랑 논밭에는 거친 구덩이만 깊어가네.

舊邑宜麻麥、新州産銀金。
零星採黃白、萬畝草萊深。

42) 원주령에서 (其四十二 原州嶺)[18]

신에게 제사하지만 신은 아지도 못해
한갓 배불리는 건 까마귀와 들쥐뿐일세.
아첨하고 섬기는 것도 참으로 어리석으니
세상에서 이 두 가지가 가장 어리석어라.

祭神神不知、　　　秖飽烏鼠也。
諂事誠愚哉、　　　世間多二者。

■

에 보았었는데, 이제는 고을이 옮겨져 그 경치도 없어지고 밭이 되어 버
렸다. (원주)

18) 고개를 넘어가는 사람들은 반드시 산신에게 제사한다. 까마귀와 들쥐들
이 와서 제물을 먹어 버리지만, 사람들은 신이 흠향하였다고 기뻐한다.
까마귀나 들쥐들도 또한 버릇이 되어서 사람을 피하지 않는다. (원주)

43. 이날밤 산골짜기에서 노숙하였다(其四十三)

땅속에선 오기서가 울고[19]
가지 위에선 딱따구리가 우네.
그 울음소리가 나그네를 걱정스럽게 해
풀 깔고 누워도 잠이 오지를 않네.

地中五技鼠、　　枝上批頰鳥。
聲聲恐客心、　　不能眠藉草。

45. 강주 경계에 있는 대라신동

(其四十五 大羅信洞江州界)[20]

저쪽 사람들은 우리 나라에 와서 사냥하고
우리 나라 사람들은 저쪽에 가서 광석을 캐네.
비유하자면 마치 술집 주인이
동쪽 서쪽 다니며 서로 술맛을 보는 것 같네.

彼人獵于我、　　我人礦于彼。
譬若兩酤家、　　東西互買醉。

■

19) 오기서라는 쥐가 땅속에서 밤에 우는데, 그 소리가 시끄러워 마치 승냥이울음 같았다. (원주)
20) 변방 왕래를 금하는 법령이 차츰 느슨해져서, 저쪽과 이쪽 사람들이 서로 몰래 넘나든다. 그래도 (지방 사람들이) 서로 숨겨주고 지켜준다. (원주)

46. (其四十六)[21]
변방 수루의 불빛이 강가에 비치니
듬성듬성 자리잡은 게막 같아라.
뇌물로 인심 사놓고 잘 지내자며
단절과 황절에 건너온다네.

戌火照江邊、　　　星星如蟹芨。
自有好商量、　　　穩坐丹黄節。

47. (其四十七)
어버이 제사 지내기야 쉽지만
이웃을 다 먹이자면 어렵기만 하지.
상복을 입은 채로 십 년을 지낸다니[22]
그 집 살림 가난한 것을 다들 알겠네.

易也祭其親、　　　難乎饗四鄰。
服衰過十祀、　　　知汝坐家貧。

<hr/>

21) 삼을 캐는 사람들은 씨가 붉은 때를 단절이라 하고, 잎이 누런 때를 황
절이라고 한다. (그때마다) 저쪽 사람 가운데 우리 지경에 건너와 우리
국경을 지키는 자에게 뇌물을 주는 자들이 있는데, 이를 호상량(好商量)
이라고 한다. (원주)
22) 북방 풍속에는 소상이나 대상을 지낼 때에 소 잡고 술을 차려 놓고, 제사
에 참여한 자들을 잘 대접한다. 한 집에 일이 생기면 몇 마을 사람들이 모
여드는데, 그 비용이 적어도 수백 금을 넘게 된다. 만일 집안이 가난해 제
수를 마련하지 못하면, 십 년이 지나도 상복을 벗지 못한다. (원주)

48. 구파(其四十八 舊坡)

돌덩어리로 삐뚤빼뚤 보루를 쌓아
그 안에서는 수레 한 대도 돌릴 수가 없네.
억지로 보루라 이름 붙이긴 했지만
두어 채 민가를 둘렀을 뿐일세.

亂壘鵝卵石、　　　中不容旋駕。
强名曰堡城、　　　兩三繞民舍。

49. (其四十九)

삼나무 숲속에 창을 꽂아 놓고
초라하게나마 관청 체제를 갖추었네.
더벅머리 나무꾼 아이 하나가
장교에다 아전 노릇까지 도맡아 하네.

挿戟萬杉中、　　　草草備官制。
髼頭一樵童、　　　身都校吏隷。

54. 무산령 어구에서(其五十四 茂山嶺口)²³⁾

산귀신이 사람의 이름을 아는지¹⁾
멀리서 부르면 친구처럼 들려오네.

∎

23) 무산령 사이길은 곧바로 갑산까지 통하는데, 산골짜기 600리에 수풀이
　　우거졌다. 숲속에는 사람이 살지 않아, 사람이 그 속에 들어가면 문득
　　귀신이 놀라는 것 같았다. (원주)

동쪽에서 대답하면 서쪽에서 또 불러
날이 밝을 때까지 가고 또 오네.

山鬼識人名、　　　遙呼若友生。
應東西又喚、　　　趨走達天明。

55. 혜산령(其五十五 惠山嶺)

백두산이 발부리에 채일 것 같건만
갈 길은 아직도 멀기만 해라.
나무를 찍으며 천 리 길 가느라고
도롱이를 입고서 일곱 밤을 잤네.

白頭如可蹴、　　　此距尙遙遙。
刊木行千里、　　　披簑宿七宵。

56. (其五十六)

풍수장이가 사람들을 크게 그르쳐
강 너머에다 몰래 장사지내기도 한다네.
해마다 한 번씩 얼음을 타고 건너가[24]
건어물을 차려 놓고 제사지낸다네.

----

24) 중국과 우리 나라의 국경 사이는 좁다란 강물 한 줄기뿐이다. 사람들
　　가운데는 풍수설에 속아서 국경 너머에다 몰래 장사지내고는, 강물이
　　언 뒤에야 비로소 건너가서 무덤에 제사지내는 자도 있다. (원주)

形家大誤人、　　　江外或埋瘞。
歲一乘氷去、　　　乾魚行獺祭。

57. 오매강(其五十七 烏梅江)
오매강 물로 술을 빚어
오매강 가에서 술을 파네.
가득 따라도 취하지를 않으니
나그네 마음이 본래 울적해서겠지.

釀酒梅江水、　　　賣酒梅江渚。
滿酌不知酣、　　　客心本酸楚。

59. 지주천에서(其五十九 蜘蛛遷)
열네 사람이 함께 김을 매는데
세 마리 범이 사납게 울부짖으며 달려들었다네.
네 사람은 범에게 물려 죽고
세 사람은 범에게 삼켜졌다네.[25]

十四人同耘、　　　三虎虓啼逼。
四人虎咬死、　　　三人虎啖食。

■
25) 내가 가기 전날에 이런 일이 있었다. (원주)

65) 전장평(其六十五 戰場坪)²⁶⁾

그 옛날 남이장군이
칼 휘두르며 오랑캐를 무찔렀었지.
깊은 산 좁은 골짜기 속에
싸움터라는 이름이 아직도 남아 있네.

昔日南元帥、　　　揮刀斫虜兵。
深山窮谷裡、　　　猶有戰場名。

66. 은광(其六十六 銀礦)

나무를 쪼개 만든 깊숙한 구유처럼
은광 출입문이 샘물을 끼고 뚫렸네.
사내는 밭 갈지 않고 아낙네도 길쌈하지 않으며
삼백 년 동안이나 따뜻하고 배불리 살았네.

嵌槽承刳木、　　　礦戶夾山泉。
男婦不耕織、　　　溫飽三百年。

67. (其六十七)

은을 캐다가 은밑천이 다 떨어지자
빈 구멍들이 그물 눈같이 되었네.

■

26) 남이장군이 오랑캐를 쫓아낸 곳인데, 전장평(箭匠坪)이라고 잘못 전하
　　기도 한다. (원주)

모래를 가려내느라 밤낮을 잊으면서
공세 기한을 넘길까 두려워하네.

採銀銀已竭、　　空穴如網眼。
淘沙忘晝夜、　　恐過公稅限。

68. (其六十八)
출가했다면서도 가정이 있으니[27]
불자가 불손(佛孫)을 낳은 셈일세.
장정으로 태어난 게 유독 무슨 죄라고
채찍질하는 소리가 관청 뜨락에 가득해라.

出家而有室、　　佛子生佛孫。
閑丁獨何罪、　　鞭撻滿公門。

70. 길주(其七十 吉州)
첩첩 산속을 헤치고 가며
솜옷을 입은 채로 초복을 맞네.
오늘 아침에야 비로소 국경에 이르고 보니
다리 밑 물속에서 아이들이 미역을 감네.

■

27) 중이 아내를 데리고 살며 아들을 낳으니 평민이나 다름없다. 다만 머
리를 깎고 마늘을 먹지 않을 뿐인데, 재가승(在家僧)이라고 한다. 정역
(丁役)을 면하려고 하는 자들이 이렇게 많이 한다. (원주)

行穿萬重山、　　　綿裘度初伏。
今朝始入境、　　　橋水群童浴。

71. 칠보산(其七十一 七寶山)
어려서 농암의 글을 읽고는[28]
마치 칠보산에 올라가 본 것 같았는데,
이제 칠보산 아래로 지나가노라니
글에서 본 경치와 정말 비슷해라.

少讀農巖記、　　　如登七寶山。
今從山下過、　　　還似記中看。

72. (其七十二)
부자들은 곡식을 많이 쌓아 두기만 해서
가난한 집들은 자기들끼리 빌려다 썼건만,
시장에 돈이 한 번 나돌고부터
사방 이웃간에도 빌려 쓰지를 못하게 되었네.[29]

富家多積粟、　　　貧戶相沾漑。
一自市錢行、　　　四鄰無假貸。

■
28) 농암(김창협)의 〈칠보산기(七寶山記)〉를 어렸을 때에 읽었다. (원주)
29) 예전에는 철령 이북에서 돈을 사용하지 않았기 때문에 풍속이 순박하
　　였지만, 요즘에는 시장을 만들고 돈을 쓰게 되었다. 그래서 부자들은 편
　　하게 되었지만, 가난한 백성들은 괴롭게 되었다. (원주)

75. 회령(其七十五 會寧)

말 먹이는 집이 삼백 간이나 되어
해마다 만주 시장으로 팔려 나가네.
선춘 후춘에[30] 닭 울고 개 우는 소리 들리니
두만강은 물 가득 차도 띠만큼이나 좁다네.

馬廊三百間、　　　歲歲滿洲市。
雞犬先後春、　　　盈盈衣帶水。

76. 칠리탄(其七十六 七里灘)[31]

남양에는 제갈공명의 사당을 세우고
수양산에는 백이 숙제의 사당을 세웠는데,
이 여울을 칠리탄이라 부르면서
어찌 자릉의[32] 사당을 세우지 않았는가.

南陽祠葛相、　　　首陽祠伯夷。
此灘名七里、　　　不建子陵祠。

■
30) 해마다 만주 사람들과 더불어 시장을 여는데, (만주의 시장 가운데는)
　　선춘과 후춘이 가장 가깝다. (원주)
31) 부령의 옛이름이 부춘(富春)인데, 이곳에 칠리탄이 있다. (원주)
32) 자릉은 한나라 광무제의 친구인 엄광(嚴光)의 자이다. 광무제가 즉위
　　한 뒤에 그에게 간의대부 벼슬을 내리며 불렀지만, 그는 벼슬을 마다하
　　고 부춘 칠리탄에 숨어 밭 갈고 낚시질하며 살았다.

78. (其七十八)[33]

이 고장도 구획을 나누고 장정의 호적을 만들었네.
산길을 깎아서 봉수대까지 만들었네.
그런데도 팔짱 끼고 앉아서
관북의 땅을 저들 오랑캐에게 넘겨 준단 말인가.

劃井簽丁籍、　　　開山設伐烽。
坐令關以北、　　　斂袵入堯封。

79. 부계(其七十九 涪溪)

밭 갈고 길쌈하며 집안살림이 즐거운데다
강산의 경치도 그림으로 표현할 수가 없네.
북쪽 변방을 작은 금릉이라고 한 말을
내 일찍이 《택리지》에서[34] 보았지.

耕績家爲樂、　　　江山畫不能。
曾聞擇里地、　　　塞北小金陵。

80. (其八十)

좋은 벼루는 참으로 캐어내기가 어려우니

■

33) 육진(六鎭)은 절재 김종서가 개척하고 방략처(方略處)를 설치하였던
　　곳이다. (원주)
34) 청화산인 이중환(1690-1752)이 30여 년 동안 전국을 돌아다니며 답사
　　한 뒤 1751년에 지은 인문지리서이다.

깊고 깊은 진흙 속 열 길 속에 묻혔네.
팔가새 눈속에 금실을 띠고 있으니
단계의 벼루도 부러울 것이 없네.

佳硯誠難採、　　　深深十丈泥。
金絲帶鴝眼、　　　不必羨端溪。

81. (其八十一)
여분이라도 차이가 없이 받아야만
사시사철 믿음이 있는 법이지
어쩌자고 환자쌀 받는 문서에는
일 년에 윤달이 네다섯 번이나 되나.[35]

餘分少無差、　　　四時方有信。
奈何糴簿中、　　　一勢三五閏。

84. (其八十四)
《미공비급(眉公秘笈)》이란 책에 "늙은 나비들이 서로 커다란 소반처럼
뭉쳐 바다에 들어가 미인어(美人魚)가 된다."고 하였는데, 이를 두고 말
한 것인 듯하다.

■
35) 관청에서 매기는 세금은 제 날짜에 받아야 마땅한데, 일부러 물렀다가
　　다음해 여름에 비로소 받는다. 이때 3할 또는 5할의 이자를 덧붙여 받
　　으니, 한 해에 윤달이 몇 번 끼어 있는 것처럼 세윤달 또는 다섯윤달이
　　라고 한다. (원주)

고기잡이가 나는 듯 창질하는데
마치 평지를 달리 듯 능숙하여라.
배머리에는 바다 미인이
밤마다 찾아와 정을 통하자네.[36]

漁子走叉魚、　　　穩如平地踏。
船頭海美人、　　　夜夜來求合。

85. (其八十五)[37]
고공단보가[38] 집터를 잡아 살려고
서쪽 물가까지 말 타고 달려왔네.[39]
오지그릇 굽던 구멍이 아직도 남아 있어
상서로운 기운이 둘린 듯해라.

古公胥宇日、　　　走馬水西濆。
陶穴今猶在、　　　蔥籠繞瑞雲。

■

36) 바다 속에 아름다운 여자 같은 고기가 있는데, 말은 못하고 비린내가
　　난다. 남자를 보면 감겨들어 정을 통하자고 하는데, 사람들이 함께 쫓아
　　내면 멀리 가서도 머리를 돌리고 바라본다. 이 고기를 해미인(海美人)
　　또는 해음(海淫)이라고 한다. (원주)
37) 경원에는 (이성계의 고조인) 목조가 오지그릇을 굽던 옛터가 남아 있
　　다. (원주)
38) 흔히 태왕이라고 하는데, 주나라를 건국한 문왕의 할아버지이다.
39) 고공단보께서 / 일찍이 말을 달려오시어, / 서쪽 칠수 가로부터 / 기
　　산 아래로 오셨네. / 이에 태강과 함께 / 여기에 와서 살게 되었네. (古
　　公亶父、來朝走馬。率西水滸、至于岐下。爰及姜女、聿來胥宇。) -《시경》
　　대아(大雅)〈면(緜)〉

87. 적지(其八十七 赤池)

용을 쏘아서 용 피로 붉어졌다니
성인의 사적을 못 이름에서 알겠네.[40]
강이 열린 곳을 찾아가보면
용이 꼬리를 끌고 꿈틀거리며 나서겠지.

射龍龍血赤、　　　聖蹟認池名。
試看開江處、　　　蜿蜒曳尾行。

89. 장백산(其八十九 長白山)[41]

우리 나라 사람들은 전고에 소홀하니
장백산이 바로 백두산의 이름일세.
정계비는 어디에 있나
오직 목총병의 이름만 써있을 뿐일세.[42]

■

40) 목조가 꿈을 꾸었는데, 흰 옷 입은 사람이 나타나 말했다. (원주)
　　"나는 남쪽 연못의 백룡인데, 지금 흑룡이 나타나 나의 거처를 빼앗으려
　　한다. 나는 힘이 모자라 다툴 수가 없으니, 공께서 화살 한 대만 빌려 주
　　기를 바란다."
　　이튿날 연못으로 가보니 과연 백룡과 흑룡이 싸우고 있었다. 드디어 흑
　　룡을 쏘아 맞치자, 흑룡이 피를 흘리며 달아났다. 그때 흑룡이 (피를 흘
　　리며) 달아나던 곳이 지금은 강물이 되어 두만강으로 흘러든다.
41) 장백산이 바로 백두산이다. 중국 사람들에게는 장백산이라고 해야 통
　　하지, 백두산이라는 이름은 없다. 우리나라 사람들은 이 산의 북쪽에 큰
　　못이 있다고 해서 백두산이라고 부르며, 산의 동남쪽 아래를 장백산이
　　라 부른다. 옛날 강희제(康熙帝) 때에 오라(烏喇) 총병 목극등(穆克登)
　　이 이곳에 와서 (두 나라 사이의) 국경을 정하면서, (이 산의) 분수령을
　　경계로 하여 비석을 세웠다. 우리 나라 재상들은 따라 올라가서 다투지
　　못했으므로, 그가 정하는 대로 내버려 둘 수밖에 없었다. 그러므로 두만
　　강 동쪽 땅 700여 리를 잃어버리게 되었다. (원주)

東人踈典故、　　　長白白頭名。
定界碑何在、　　　惟書穆摠兵。

90. 두만강(其九十 荳滿江)

장백산 속의 물이
흘러가 두만강이 되네.
강 너머 칠백 리 땅이
예전에는 우리 나라에 속한 땅이었지.

長白山中水、　　　來爲荳滿江。
過江七百里、　　　舊日屬東方。

91. 조산진(其九十一 造山)[43]

훌륭하신 이충무공께서
둔전 치고 말 기르며 변방을 크게 개척하셨지.

■

42) 1712년에 목극등이 국경을 조사하러 오자, 우리나라에서는 접반사 박
권과 함경감사 이선부를 보내어 그와 함께 백두산에 오르게 하였다. 그
러나 이들은 늙고 허약했으므로, 혜산진부터 10일간 강행군하여 5월
15일 백두산 천지까지 오르는 사이에 뒤처지고 말았다. 그래서 군관 이
의복과 역관 김경문 등 여섯 명만 그를 따라갔으므로, 모든 조사와 결정
이 목극등의 뜻대로 되었다. 이 정계비는 백두산 천지에서 동남쪽으로
4km 내려온 2200m 고지 분수령에 세웠는데, "오라총관 목극등이 성지
(聖旨)를 받들어 변경을 답사하며 이곳에 와서 살펴보니, 서쪽은 압록
강이고 동쪽은 토문강(土門江)이다. 그러므로 분수령 위에다 돌을 새겨
기록한다."는 내용이다.
43) 조산진은 옛날 두만강 동쪽에 있었는데, 땅이 비옥하여 밭 갈고 말
기르기에 좋았다. 충무공 이순신이 만호(萬戶)가 되었을 때에 여기다

강물이 넘치고 물줄기도 갈라져
좋던 땅 거칠어진 지가 이백 년이나 되었네.

桓桓李忠武、　　　田牧大開邊。
只爲江沱決、　　　陳荒二百年。

95. 서수라(其九十五 西水羅)[44]
지난해 요양 땅에서 비 내리던 날도
내가 자네와 함께 길을 갔었지.
어찌 되었기에 다시 보는 오늘까지도
또 이렇게 진흙 속에 있게 되었나.

往歲遼陽雨、　　　吾行與爾同。
如何重見日、　　　又此在泥中。

96. (其九十六)
그대는 고삐를 쥐고 넓은 바다에 이르렀다가
채찍을 휘두르며 백두산도 넘었지.
말 잘 부리는 그대 덕분에
험난한 산속 길을 헤쳐왔다네.

■
　　둔전을 설치하였다. 그 뒤 강물이 범람하여 물줄기가 여러 갈래로 갈라
　　졌다. 지금 조산진은 강 서쪽으로 옮겨지고, 그 둔전도 없어졌다. (원주)
44) 거산역의 말몰이꾼 해선(海先)은 내가 심양에 갔을 때에도 나를 따르
　　던 사람인데, 이번 여행에서도 나를 위해 말을 몰았다. 그가 돌아갈 때
　　에 시 2수를 지어 주었다. (원주)

按轡臨滄海、　　　垂鞭過白山。
賴玆良御力、　　　生出鬼門關。

97. 마운령(其九十七 摩雲嶺)

어제는 마천령에 오르고
오늘은 마운령에 올랐네.
영감과 마누라가 마주앉고
아들과 손자들이 늘어서 있네.

昨上摩天嶺、　　　今日上摩雲。
爺孃相對坐、　　　羅列幾兒孫。

99. 이숙령(其九十九 李淑嶺)

깊은 산이 사람의 기운을 빼앗아가고
하늘가 바람은 더욱 거세게 부네.
단풍나무 숲을 헤치며 만 리 길 오니
마시지도 않았건만 얼굴이 붉어지네.

深山奪人氣、　　　天風更蕭蕭。
萬里穿楓樹、　　　不飮上紅潮。

100. 보리판(其百 菩提坂)[45]

비탈 이름이 본래 보리판인데
잘못되어 볼이와 보리라고 부르네.

중들은 보리(菩提)라고 읽는다지만
견(見)자나 맥(麥)자의 새김과 소리가 같네

坂名本菩提、　　　訛見轉訛麥。
僧讀菩提字、　　　音如見麥釋。

■
45) 보리판(菩提坂)을 세상에서는 보리판[麥坂], 또는 볼판[見坂]이라고
부른다. 금남 정충신의 《북천록(北遷錄)》주에 이렇게 말하였다. "보리판
(菩提坂)의 뜻을 자세히 모르지만, 요즘 화악선사에게 들으니 불교 서적
에서 보제(菩提)의 제(提)자를 니(尼)라고도 읽는다고 한다. 나는 그제
서야 보(菩) 리(提) 두 글자를 잇달아 읽으면 맥(麥)이나 견(見)자의 새
김과 같다는 것을 깨달았다." (원주)

제 3 부

기이(紀異)

秋齋

趙秀三

돈을 양보하는 홍씨와 이씨

讓金洪李

서울 오천의 이씨는 대대로 부자였는데, 증손 현손에 이르러 가산을 탕진하고 홍씨에게 집을 팔았다. 대청 기둥 하나가 기울어져 무너지게 되자 홍씨가 수리하였는데, 일하던 중에 은자 삼천 냥이 나왔다. 이씨의 조상이 간직하였던 돈이었다. 홍씨가 이씨를 불러서 주려고 하자, 이씨가 사양하면서 말하였다.

"이 은자를 우리 조상이 간직하기는 했었지만, 그렇다고 증명할 만한 문서도 없고, 이 집은 이미 당신에게 팔았소. 그러니 이 은도 역시 당신 것이오."

두 사람이 서로 사양하기를 마지않았다. 이 소문이 관가에 들리자, 관가에서는 조정에 아뢰었다. 그러자 임금이 교서를 내렸다.

"우리 나라 백성 가운데 이처럼 어진 자가 있으니, 누가 지금 사람이 옛 사람보다 못하다고 하겠는가."

그리고는 그 돈을 반씩 나눠 가지게 한 뒤, 두 사람 모두 벼슬을 내렸다.

홍씨네 집이 어찌 이씨네 돈을 가지랴.
가져 가라는 자도 어질지만 사양하는 자도 어지네.
임금께서 상을 내려 옅은 풍속을 두텁게 하니
이웃 여러 곳에서도 밭 다투기를 그쳤다네.

洪家何管李金傳。　　辭者賢如讓者賢。
聖世旌褒敦薄俗、　　鄰邦幾處息爭田。

송생원
宋生員

송생원은 가난해서 아내도 집도 없었지만, 시 짓는 솜씨만은 뛰어났다. 그는 거짓으로 미친 척하고 돌아다녔는데, 누가 운(韻)을 부르면 곧바로 시를 읊고는 돈 한 푼을 달라고 하였다. 이 돈을 손에다 쥐어주면 받았지만, 땅바닥에 던져주면 돌아보지도 않았다. (그가 지은 글 가운데는) 같은 고향의 역졸을 보내면서 지은 시

천리 타향에서 만났다가 만리 밖으로 헤어지는데
강언덕 성에는 꽃이 지고 부슬비만 내리네.

처럼 아름다운 구절도 많았다. 그러나 일찍이 전편을 마무리한 적은 없었다. 뒤에 들으니 어떤 사람이 말하기를,
"그는 은진 송씨인데, 일가 친척들이 불쌍하게 여겨 집을 마련해 살게 해주고, 다시는 떠돌지 못하게 하였다."
고 한다.

강언덕 성에 꽃이 지는데 부슬비는 흩날리네.
이처럼 아름다운 구절이 세상에서는 한 푼이라네.
붉은 해가 솟아올라 일산처럼 둥근데
아이들이 다퉈가며 송생원을 쫓아다니네.

江城花落雨紛紛。　　佳句人間直一文。
日出軟紅團似盖、　　兒童爭逐宋生員。

복홍
福洪

복홍은 어떤 사람인지 알 수 없다. 누가 그의 성을 물으면 "모른다"고 하였고, 그의 이름을 물으면 "복홍"이라고 말하였다. 나이는 쉰 살 남짓 되었지만 노총각이었다. 날마다 성안에서 한 집씩 돌아가며 빌어 먹었는데, 그 차례를 잃어버리지 않았다. 밤에는 내버려진 창고 안에서 거적 하나를 깔고 누웠는데, 밤새 쉬지 않고 《맹자》를 외웠다.

맑은 눈동자에 더부룩한 머리가 귀신 같았는데
집집마다 차례로 밥을 빌어 배를 불렸네.
거적대기가 이불이자 또한 자리인데
중얼중얼 밤새도록 《맹자》를 읽네.

湛睛鬅髮鬼公如。　　排日人家一飽餘。
藁薦半衾兼半席、　　喃喃終夜誦鄒書。

수박 파는 늙은이

賣瓜翁

대구 성밖에서 수박을 파는 늙은이가 있었는데, 그는 해마다 맛있는 수박 종자를 심었다. 수박이 익으면 따다가 길가에 자리잡고 앉아서, 사람을 만나는 대로 팔았다. 수박을 팔면서도 값을 말하지 않아, 주면 받고, 안 주면 안 받았다.

동쪽 언덕 열떼기 밭에다 맛있는 수박을 심었더니
무더운 한여름에 수박이 익었네.
붉은 눈 검은 서리가 칼끝에서 떨어지는데
소반에 받쳐 갈증을 풀어주고도 값을 말하지 않네.

東陵嘉種十畦田。　　　瓜熟時丁燋暑天。
絳雪玄霜隨刀滴、　　　擎盤施渴不論錢。

소금장수 거사
鹽居士

거사는 호남사람인데, 소금을 지고 다니며 팔다가 오대산에 이르렀다. 그곳에서 여러 중들이 만일회(萬日會) 여는 것을 보고는, 주지에게 소금을 바친 뒤 회중에 참여하였다. 가부좌하고 하루에 한 번씩 물만 마시며 입정(入定)하여, 삼 년 동안 살지도 죽지도 않는 몸이 되었다. 가까이 있는 여러 절의 중들이 참으로 생불이 났다고 떠들면서 잿밥을 잘 차려 차례대로 가져다 바쳤다. 그 뒤 어느날 갑자기 간 곳을 모르게 되었다고 한다.

세상 물결 오랜 세월에 묵은 인연이 깊었으니
육지에 핀 연꽃을 보고 무엇을 깨달았는가.
만일회에 참여하여 천일 동안 가부좌하고서
밤마다 푸른 바다에서 밀물 소리를 들었겠지.

層波疊刦夙根深。　　　陸地蓮花頓悟心。
萬日會中千日坐、　　　滄溟夜夜送潮音。

쌀을 구걸하는 종
乞米奴

이 종은 김씨 집안의 늙은 종인데, 주인이 일찍 죽고 아들마저 또한 요절해 과부와 어린 손자가 살 길이 없이 가난해졌다. 그러자 종이 날마다 다니며 쌀을 빌어 가지고 돌아와서 아침 저녁으로 (밥을 해다) 바쳤다. 아무리 추워도 입지 못하고, 아무리 배 고파도 (먼저) 먹지 않았다. 그를 아는 자들이 모두 그를 의롭게 여겨, 적선하기를 좋아하였다.

배 고파도 입에 풀칠하기를 잊고 얼어도 옷 입기를 잊으며
쌀을 빌어서 자루에 차면 날 저물녘에 돌아오네.
과부와 고아가 무엇을 바랄텐가
주인 삼대가 늙은 종에게 의지하네.

飢忘糊口凍忘衣。　　　乞米盈囊日暮歸。
寡婦孤兒何所望、　　　主人三世老奴依。

물지게꾼

汲水者

이 물지게꾼은 성 서쪽 마을에 오래 살았다. 동네 사람들이 그가 오래 굶는 것을 가엾게 여겨 밥을 먹였는데, 성 서쪽에는 산이 많아서 조금만 가물어도 우물이나 샘물이 다 말라버렸다. 그러자 물지게꾼이 밤에 산속에 들어가 샘물을 찾아가지고 누워 지키다가, 닭이 울 무렵에 물을 길어가지고 와서 친한 사람들에게 나눠 주었다. 사람들이 "왜 이리 고생하는가?" 물으면, "밥 얻어 먹은 은혜를 갚지 않을 수 없다."고 하였다.

푸른 띠풀을 깔고 돌을 베개 삼아 누웠다가
오경에 먼저 일어나 샘물을 긴네.
집도 없는 사람이 고생한다고 말하지 마소
이웃에게 밥 얻어 먹은 은혜를 아직도 갚지 못했다오.

臥藉靑莎枕石根。　　五更先起汲泉源。
無家有累休相問、　　未報東鄰粥飯恩。

내 나무
吾柴

"내 나무"는 나무를 파는 사람이다. 그는 (나무를 팔면서) "나무 사시오."
라 말하지 않고, "내 나무"라고만 말하였다. 심하게 바람 불거나 눈 내
리는 추운 날에도 거리를 돌아다니며 ("내 나무"라고) 외치다가, 나무를
사려는 사람이 없어 틈이 나면 길가에 앉아 품속에서 책을 꺼내 읽었는
데, 바로 고본 경서였다.

눈보라 휘몰아치는 추위에도 열두 거리를 돌아다니며
남쪽 거리 북쪽 거리에서 "내 나무"라고[1] 외치네.
어리석은 아낙네야 아마도 비웃겠지만
송나라판 경서가 가슴속에 가득 찼다오.

風雪凌兢十二街。　　　街南街北叫吾柴。
會稽愚婦應相笑、　　　宋槧經書貯滿懷。

■
1) 고본 경서를 읽는 것으로 보아, 그는 양반계층에서 몰락한 지식인인 듯
　하다. 그래서 차마 다른 장사꾼들처럼 "나무 사시오"라고 존대말을 쓰지
　못하고, "내 나무"라고 반말을 씀으로써 양반 선비의 마지막 체면을 세
　웠다.

임씨 늙은이

林翁

조동(대추나무골) 안씨집 행랑에서 드난살이하는 아낙네가 있었는데,
그의 남편은 늙었다. 그런데도 닭 울 무렵에 일어나 문밖 마을을 깨끗
이 쓸고, 멀리 사방의 이웃까지도 쓸었다. 아침이 되면 문을 닫고 방안
에 들어앉아, 주인까지도 또한 그의 얼굴을 보기가 힘들었다. 하루는
그 아낙네가 남편에게 밥상 올리는 모습을 집 주인이 우연히 보았는데,
눈썹 높이까지 밥상을 들어 바치며 손님처럼 공경하였다. 주인은 그 늙
은이가 반드시 어진 선비일 것이라고 생각하여, 예절을 지켜 방문하였
다. 그러자 그 늙은이가 사양하면서,
"천한 자가 어찌 주인의 예를 받겠습니까? 이는 죄가 지나친 것이니, 장
차 떠나겠습니다."
하였다. 이튿날 드디어 간 곳을 모르게 되었다.

새벽에 일어나 마당을 쓸고 낮에는 문을 걸으니
마을 사람들이 지나면서 깨끗하다고 놀라네.
밥상을 눈썹까지 들어올리며 손님처럼 대하니
행랑에 어진 부부가[1] 있는 것을 그 누가 알았으랴.

晨興掃地晝扃關。　　深巷人過劇淨乾。
擧案齊眉如不見、　　誰知廊下有梁鸞。

■
1) 원문의 양난(梁鸞)은 금실좋은 부부로 이름난 양홍(梁鴻)과 맹광(孟光)
을 가리킨다. 양홍의 자가 백난(伯鸞)이다. 서로 손님처럼 공경하며 살
았던 이들 부부의 이야기가 《후한서》〈일민전(逸民傳)〉에 실려 있다.

장생의 소나무와 대나무

張松竹

장생은 영남 사람인데, 서울에 글을 배우러 왔다. 술이 취할 때마다 먹 몇 사발을 입에 물고 커다란 종이에 내뿜어서 손가락으로 그림을 그리 는데, 손끝에다 깊고 얕게 또는 크고 작게 힘을 주는데 따라서 소나무 ·대나무·꽃·새·짐승·물고기·용 등이 그려졌다. 혹은 전서·예서·행 서·초서·비백서(飛白書)를 쓰기도 했다. 짙고 옅은 색이나 굽고 꺾어진 획이 자기 생각대로 되지 않는 것이 없었으니, 보는 사람들은 그가 손 가락 끝으로 그려낸 것인 줄 알지 못하였다.

지금의 장생은 옛날의 장욱을[1] 압도해
먹을 흠뻑 적시고 미친 듯 외치며 남들을 깜짝 놀라게 하네.
열자 종이폭에다 먹물 한 말을 내뿜어
손가락 끝으로 쓰고 그리면 하늘이 이룬 것 같아라.

今張壓倒古張名。　　　濡髮狂呼不足驚。
斗量噴來方丈紙、　　　指頭書畵若天成。

<hr>

1) 장욱(張旭)은 당나라 서화가인데, 초서를 잘 쓰고 술을 즐겼다. 크게 취 하면 외치면서 미친 듯 달렸다. 머리털에다 먹을 적셔 글씨를 썼는데, 깨고난 뒤에는 스스로 신의 솜씨라고 하면서 다시 쓰지를 못하였다. 세 상 사람들이 그를 장전(張顚), 또는 초성(草聖)이라고 불렀다.

닭노인

雞老人

한 노인이 있었는데, 키가 작은데다 머리도 벗겨져 마치 암탉의 볏과 같았다. 그가 두 손으로 팔을 치며 닭 우는 소리를 내면 사방에서 이웃 닭들이 다 울어 멀리까지 퍼졌다. 사람의 소리인지 닭의 소리인지, 아무리 사광(師曠)같이 귀가 밝은 사람이라도 분간하기가 어려웠다.

두 날개 툭툭 치며 닭떼 가운데 들어가서
한바탕 먼저 울면 사방에서 닭소리 들려오네.
그만하면 놀고 먹을 팔자가 되겠건만
불우한 인생이라 맹상군을[1] 못만났네.

雙翎膈膊入雞群。　　一喔先聲四野聞。
徒食徒行還似許、　　人生不遇孟嘗君。

1) 맹상군이 함곡관에 도착했지만, 관의 법에는 닭이 울어야 나그네들을 내보내게 되어 있었다. 맹상군은 (진나라 군사들이) 곧 뒤쫓아올까봐 염려되었다. 그런데 식객의 말석에 닭울음소리를 잘 내는 사람이 있어, 그가 닭울음소리를 내자 다른 닭들도 함께 울었다. 그래서 봉전을 보이고 관문을 나섰다. 나간 지 한 식경이나 되어서 진나라 추격병들이 과연 함곡관에 도착했지만, 이미 맹상군이 관문을 나간 뒤라서 그대로 돌아갔다. 처음 맹상군이 이 두 사람을 빈객 속에 함께 앉히자, 다른 빈객들이 모두 그들과 함께 대우받는 것을 부끄럽게 여겼다. 그러나 맹상군이 진나라에서 어려움을 당했을 때에는 결국 이 두 사람이 그를 살려내었다. 그 뒤부터는 빈객들이 다 (맹상군의 안목에) 탄복하였다. —《사기》열전 제15 〈맹상군전〉

나무꾼 정씨

鄭樵夫

나무꾼 정씨는 양근 사람인데, 젊었을 때부터 시를 잘 지어 볼 만한 시가 많았다.

시를 읊으며 살다보니 나무꾼으로 늙었는데
어깨에 가득 진 나무지게에 우수수 가을바람이 스쳐가네.
장안 거리에 동풍이 불어와
새벽에 동문으로 들어서서 둘째 다리를 밟네.

동호의 봄물결이 쪽빛보다 푸른데
흰 물새 두세 마리가 또렷하게 보이네.
뱃노래 한 가락에 어디론가 날아가고
석양의 산빛만 빈 못에 가득해라.

이와 같은 시가 아주 많았지만, 그의 전집이 전하지 않으니 한스럽다.

새벽에 동문으로 들어서서 둘째 다리를 밟으니
어깨에 가득 진 나무지게에 가을이 우수수 찾아드네.
동호의 봄물은 예전처럼 푸르건만
늙은 시인 나무꾼 정씨를 그 누가 알아주랴.

曉踏靑門第二橋。　　滿肩秋色動蕭蕭。
東湖春水依然碧、　　誰識詩人鄭老樵。

약 캐는 늙은이
採藥翁

약 캐는 늙은이의 성은 남씨인데, 강원도 두메 사람이었다. 떠돌다가 서울에 들어와 살았는데, 약초를 캐어서 늙은 형수를 봉양하였다. 그가 일찍이 어버이를 여의고 형수에게 젖을 얻어먹으며 키워졌기 때문이었다. 형수가 죽자 마음속으로 삼 년 상복을 입었고, 제삿날마다 반드시 제물을 크게 차리고 매우 슬프게 곡하였다. 또 반드시 연어알을 올렸는데, 아마도 그의 형수가 그것을 좋아하였던 듯하다.

가을이 오면 온 산을 다니며 약을 캐느라
자루 긴 호미를 들고 대로 만든 채롱을 메었네.
해마다 형수 제삿날 오기를 기다렸다가
화제구슬처럼 붉은 연어알을 올린다네.

秋來採藥萬山中。　　鴉嘴長鋤竹背籠。
歸及年年邱嫂祭、　　鰱魚卵子火齊紅。

김금사

金琴師

금사 김성기(金聖器)는 왕세기(王世基)에게 거문고를 배웠는데, 세기는 새 곡조가 나올 때마다 비밀에 붙이고 성기에게 가르쳐 주지 않았다. 그러자 성기가 밤마다 세기의 집 창 앞에 붙어서서 몰래 엿듣고는, 이튿날 아침에 그대로 탔는데 조금도 틀리지 않았다. 세기가 이상히 여겨 밤중에 거문고를 반쯤 타다 말고 창문을 갑자기 열어젖히자, 성기가 깜짝 놀라 땅바닥에 나가떨어졌다. 세기가 매우 기특하게 여겨, 자기가 지은 것을 다 가르쳐 주었다.

새로 지은 몇 곡조를 연습하면서
창문 열다 제자 만나곤 신기에 탄복하였네.
물고기 들고 학도 춤추는¹⁾ 곡조를 이제 전수하니
네게 바라기는 후예를 쏴죽인²⁾ 일이 다시 없을진저.

幾曲新翻捻帶中。　　拓窓相見歎神工。
出魚降鶴今全授、　　戒汝休關射羿弓。

■

1) 호파(瓠巴)가 거문고를 타면 새들이 춤추고, 물고기가 뛰놀았다. -《열자》제5권〈탕문편(湯問篇)〉
2) 옛날에 방몽(逢蒙)이 예(羿)에게 활쏘기를 배웠다. 그러나 (방몽이) 예의 기술을 완전히 터득한 뒤에는, "천하에서 오직 예만이 나보다 활을 잘 쏜다."고 생각하여, 결국은 예를 죽여 버렸다. 이에 대해서 맹자는 이렇게 말하였다. "그렇게 된 데에는 예에게도 잘못이 있다." -《맹자》권8〈이루〉하

등짐 품팔이 효자

負販孝子

효자의 성은 안씨인데, 어머니가 늙었다. 그는 집이 가난하여 등짐을 져서 살지만, 힘이 센데다 재주도 있어서 날마다 백여 전씩 벌었다. 집에 돌아와서는 그 돈으로 맛있는 음식을 해서 바쳤다. 그래서 부자보다도 더 나았다. 밤에는 어머니 곁에서 모시며 얼굴빛을 편안케 하고 목소리를 부드럽게 하여, 그 뜻을 잘 받들었다. 그래서 보는 자마다 감탄하였다. 그런데도 그는 자식된 도리를 다하지 못한다고 스스로 걱정하였다.

어릴 적부터 글 읽던 사람이지만
어머니 모시기 위해 막일도 잘한다오.
등짐 지고 품팔다 돌아와선 직접 찬까지 만드니
어찌 하루라도 가난한 빛을 보였으랴.

童年云是讀書人。　　鄙事多能爲養親。
負販歸來躬視膳、　　何嘗一日坐家貧。

정선생

鄭先生

성균관 동쪽이 송동(宋洞)인데, 꽃나무 우거진 골 안에 강당이 단아하게 서 있었다. 이곳에서 정선생이 제자들을 가르쳤다. 새벽과 저녁에 종이 울리면, 배우는 제자들이 모였다 흩어졌는데, (학문을) 성취한 자들이 많다. 성균관 사람들이 그를 정선생이라고 불렀다.

꽃나무 속에 강당까지 오솔길이 생겼는데
새벽에도 저녁에도 종소리가 맑게 울리네.
사방의 제자들을 누가 길러냈던가
품 넓은 옷에 굵은 띠 두른 정선생이라네.

講堂花木一蹊成。　　　斯夕斯晨趁磬聲。
敎育四隣佳子弟、　　　裒衣博帶鄭先生。

달문
達文

달문의 성은 이씨인데, 마흔 살 총각으로 약재 거간을 하며 그 어미를 봉양하였다. 하루는 달문이 어느 가게에 가자, 주인이 나와서 값이 백 냥이나 되고 무게는 한 냥 중 되는 인삼 몇 뿌리를 보이며 "이것이 어떠 냐?"고 물었다. 달문이 "참 좋은 물건이다."고 하였다. 마침 주인이 안방 에 들어가게 되어, 달문은 돌아앉아 창밖을 내다보았다. 얼마 뒤에 주 인이 나오더니, 달문에게 "인삼이 어디 있느냐?"고 물었다. 달문이 돌아 보자 인삼이 없어졌다. 그래서 웃으며,

"내 마침 사려는 사람이 있어서 그에게 주었으니, 곧 값을 치르겠소." 라고 하였다.

이튿날 가게 주인이 쥐구멍에 연기를 쏘이다가 궤짝 뒤에서 종이에 싼 것을 발견하였다. 꺼내 보니, 어제 그 인삼이었다. 주인이 크게 놀라서, 달문을 불러 그 까닭을 물었다.

"어찌 인삼을 보지 못했다 말하지 않고, 팔았다고 속였나?" 달문이 말하였다.

"인삼을 내가 이미 보았는데 갑자기 없어졌으니, 내가 모른다고 말하면 주인이 나를 도둑이라고 의심하지 않겠소?"

그러자 주인이 부끄러워하며 사과하기를 마지않았다. 이때 영조대왕이 가난해서 관례나 혼례를 치르지 못하는 백성들을 불쌍히 여겨, 관가에 서 그 비용을 대어 예를 치르도록 하였다. 그래서 달문도 비로소 관례 를 치르게 되었다.

달문은 늙은 뒤에 영남으로 내려가 가족들을 데리고 장사하며 살았는 데, 서울 사람을 만날 때마다 눈물을 흘리며 관례 치를 때에 입은 은혜 를 이야기하였다.

웃으며 값을 치르고는 의아하게 여기지 않았는데
부잣집 늙은이가 그 이튿날 가난한 총각에게 절하였네.
영남에 내려가 살면서도 서울 나그네를 만나면
영조대왕께서 관례비용 내리던 일을 울면서 이야기하였네.

談笑還金直不疑。　　　富翁明日拜貧兒。
天南坐對京華客、　　　泣說先王賜冠時。

전기수

傳奇叟

(전기를 읽어주는) 늙은이는 동문 밖에 살았다. 그는 언문으로 된 패설(稗說)들을 입으로 외웠는데, 〈숙향전〉·〈소대성전〉·〈심청전〉·〈설인귀전〉등의 전기였다. 달마다 초하루에는 첫째 다리 아래에 앉고, 이틀째에는 둘째 다리 아래에 앉으며, 사흘째에는 이현(梨峴: 배오개)에 앉고, 나흘째에는 교동 어구에 앉는다. 닷새째에는 대사동(大寺洞: 큰절골) 어구에 앉고, 엿새째에는 종루 앞에 앉는다. 이레째부터는 다시 거슬러 올라갔다가 내려온다. 내려왔다가는 올라가고, 올라갔다가는 다시 내려온다. 이렇게 하여 그 달을 마친다. 달이 바뀌어도 역시 그같이 한다. 그가 잘 읽기 때문에, 곁에서 듣는 자들이 겹겹이 둘러싼다. 늙은이는 가장 재미나고 들을 만한 대목에 이르면, 잠시 입을 다물고 말하지 않는다. 그러면 사람들이 그 아래 대목을 듣고 싶어서 다퉈가며 돈을 던진다. 이를 일러서 "요전법(邀錢法)"이라고 한다.

아녀자들은 가슴 아파 눈물을 흘리니
영웅의 승패를 칼로도 나누기 어려워라.
재미난 곳에선 말 않고 요전법을 쓰네.
듣고 싶은 게 인정이니 그 방법 묘하기도 해라.

兒女傷心涕自雾。　　英雄勝敗劒難分。
言多黙少邀錢法、　　妙在人情最急聞。

원수 갚은 며느리
報讐媳婦

이 부인은 희천지방 농사꾼이다. 시집온 지 5년 만에 남편이 죽고, 두 살 난 유복자가 하나 있었다. 그러다가 시아버지가 이웃사람에게 찔려 죽었는데, 부인은 관가에 고발하지 않고 시체를 거둬 장사지냈다. 그 뒤 2년이 지나도록 시아버지가 죽은 이유를 입밖에 한 번도 내지 않았 다. 시아버지를 죽인 자는 그 과부와 고아가 자기를 두려워하여 원수갚 지 못할 것이라고 생각하게 되었다. 그러나 부인은 밤마다 서릿발이 서 도록 몰래 칼을 갈았으며, 칼 쓰는 법을 쉬지 않고 익혔다.
시아버지의 대상 날이 마침 (장날이어서) 고을 사람들이 크게 모였다. 부인은 몸을 날리며 칼을 몰래 꺼내, 원수를 시장바닥에서 찔렀다. 그 리고는 그의 배를 찢어서 간을 꺼내 가지고 돌아와 시아버지에게 제사 지냈다. 제사를 마친 뒤에 마을 사람을 불러, 관가에 가서 이 사실을 아 뢰라고 하였다. 관가에서 "부인은 효부요, 의부요, 열부다."라고 하면서 살려 주었다.

삼 년 동안 밤마다 칼을 갈다가
원수 앞에 달려가 가을 매 꿩 채듯 하였네.
목 자르고 간을 내어 시아버지 원수를 갚고는
스스로 이웃을 불러 관가에 자수하였네.

三年無夜不磨刀。　　　作勢秋鷹快脫條。
斷頸咋肝今報舅、　　　自呼鄉里首官曹。

장님 악사 손씨

孫瞽師

장님 악사의 성은 손씨인데, 점은 치지 않고 가곡을 잘하였다. 동국 우조(羽調)와 계면조(界面調)의 고저 장단 스물네 가지 소리 가운데 어느 것이나 다 잘하였다. 그가 날마다 거리에 앉아 큰 소리나 가는 소리를 하다가 바야흐로 절정에 이르게 되면, 마치 담처럼 둘러서서 듣던 자들이 비오듯 엽전을 던졌다. 그는 손으로 쓸어보아 백 푼쯤 되면 곧 일어나 가면서, "이만하면 한 번 취해볼 만큼 밑천이 생겼다."고 하였다.

눈을 찔러 장님 된 악사 사광이던가
동방의 가곡 스물네 소리를 다 통달했다네.
가득 모여 백 푼 되면 술에 취해서 가니
어찌 반드시 군평을[1] 부러워하랴.

史傳師曠刺爲盲。　　　歌曲東方卄四聲。
滿得百錢扶醉去、　　　從容何必羨君平。

---

1) 엄군평은 이름난 점쟁이였는데, 복채가 백 푼만 생기면 곧 술을 마셨다.

일지매

一枝梅

일지매는 의협심 많은 도적이다. 늘 탐관오리들의 재물을 털어, 처자를 봉양 못하거나 어버이를 장사지내지 못하는 자들에게 흩어 주었다. 그는 처마를 나는 듯 건너뛰고 벽을 타기도 하였는데, 마치 귀신처럼 민첩하였다. 그래서 도적맞은 집에서도 어떤 도적인지를 알지 못하였다. 그는 (도적질할 때마다) 붉은 색으로 (자기의 별명인) 일지매(매화 한 가지)를 스스로 새겨, (자기가 훔쳐 갔다는 것을) 표시하였다. 아마도 다른 사람을 원망하지 말라는 뜻인 듯하다.

붉은 매화 한 가지를 표시하면서
탐관오리의 재물 털어 여럿에게 나눠 주네.
천고에 불우한 영웅 많았으니
옛날 오강에도 비단돛배가 왔다네.

血標長記一枝梅。　　　施恤多輸汚吏財。
不遇英雄千古事、　　　吳江昔認錦帆來。

158

시주돈 빼앗은 불량배
姜攊施

강석기(姜錫祺)는 장안의 불량배이다. 날마다 술 마시고 주정하며 사람을 때렸는데, 감히 맞서는 사람이 없었다. 한 번은 권선문을 파는 중의 바리때에 돈이 약간 쌓인 것을 보고, 그 중에게 물었다.
"돈을 시주하면 극락 가우?"
"그렇지요."
"이 돈을 빼앗으면 지옥 가겠구려?"
"그렇다오."
석기가 웃으면서 말하였다.
"스님이 받은 돈이 이처럼 많은 것을 보면, 극락 가는 길은 반드시 어깨가 걸리고 발이 밟혀서 가기 어려울 거야. 누가 그런 고생을 한담? 나는 지옥길을 활개치며 걸어가겠소. 그러려면 이제 스님 돈을 집어다가 술이라도 마시고 취해야 되지 않겠소?"
그리고는 한 푼도 남기지 않고 쓸어가 버렸다.

사람마다 시주하면 천당 간다 했고
빼앗아 가지면 모름지기 지옥을 간다고 했지.
비좁은 천당길을 구태여 갈 게 있나
차라리 지옥길을 활개치며 가리라.

人人佈施上天堂。　　攊取應須地獄行。
路窄天堂容不得、　　無寧掉臂去縱橫。

부록

秋齋 趙秀三의 생애와 시

原詩題目 찾아보기

秋齋
趙秀三

秋齋 趙秀三의 생애와 시

조수삼의 호는 추재(秋齋)와 경원(經畹)이며, 자는 지원(芝園)과 자익(子翼)이다. "구경(九經)으로 좋은 밭을 삼는다."는 뜻의 경원(經畹)은 그가 자신을 선비로 인식하고 있다는 선언이기도 하다. 그가 한양 조씨라는 사실은 밝혀져 있지만, 어떤 파에 속한 어떤 신분인지는 확실치가 않다. 그의 문집을 엮어준 손자 조중묵(趙重黙)이 화원(畵員)이었다는 사실과, 과거의 시험과목이었던 공령시(功令詩)에 뛰어나 《추재집》 권7에 공령시가 59편이나 전할 정도로 이름났던 그가 정작 자신은 83세나 되어서야 진사시(進士試)에 합격한 사실을 보아서, 아마도 그가 중인이었을 것이라는 추측이 가능할 뿐이다.

당시의 이름난 평민시인들은 천수경(千壽慶)의 집인 옥류동 송석원(松石園)에 모여서 함께 시를 지으며 풍류를 즐겼는데, 송석원시사에서 가장 중요한 인물이었던 그의 시가 평민들의 시선인 《풍요삼선(風謠三選)》에 가장 많이 실렸다는 사실도 그가 중인이었을 것이라는 추측을 가능케 해준다. 《풍요삼선》에는 그의 시가 61수나 실려 있다. "우리 중인 무리들"이라는 구절은 그가 중인이었음을 더욱 분명하게 해준다. 그는 의술과 바둑에도 또한 뛰어났는데, 전해오는 이야기로는 그가 역관이었다고도 한다.

그는 유학(幼學)으로 83세에야 진사에 합격하여 그날로 오위장(伍衛將)의 벼슬을 받았는데, 아마도 당시에 권세를 잡고 있었던 풍양 조씨들의 도움이 있지 않았나 생각된다. 그가 진사시에 합격하자 당시에 영의정이었던 조인영이 조수삼에게 시를 짓게 하여, 유명한 〈사마창방일구호칠보시(司馬唱榜日口呼七步詩)〉를 짓게 한 것만 보더라도 짐작할 수가 있다.

> 뱃속에 든 시와 책이 몇백 짐이던가.
> 올해에야 가까스로 난삼을 걸쳤네.
> 구경꾼들아 몇 살인가 묻지를 마소
> 육십 년 전에는 스물셋이었다오.

그는 1789년에 이상원의 길동무로 중국에 다녀오기 시작하여, 여섯 차례나 중국을 드나들었다. 조희룡이 지은 그의 전기에 의하면, 그가 처음 중국에 놀러갔을 때에 강남 사람을 만나 함께 수레를 타고 가는 동안 중국말을 다 배웠다고 한다. 그는 여섯 차례의 중국 여행을 통해서 많은 기행시를 짓기도 했거니와, 난설(蘭雪) 오숭량(鳴崇梁)이나 유희해(劉喜海) 등의 많은 시인들과 사귀며 견문을 넓히기도 하였다.

이외에도 그는 여러 차례 국내를 여행하며 많은 기행시를 남겼는데, 평안도에서는 홍경래의 난을 다루어 장편시를 지었으며, 함경도에서는 〈북행 백절(北行百絶)〉을 지었다. 강명관은 그의 석사논문 〈추재 조수삼 문학연구〉에서 《풍요삼선》에 실린 그의 시 23편을 시기별로 분류하여, 홍경래의 난 이후에 지어진 시가 21편이나 된다는 점을 들어서 후기의 시가 더욱 평가받고 있다고 분석하였다. 이는 홍경래의 난 때문에 그의 시가 변모했다는 반증이기도 하다.

조수삼은 자신을 사대부로 파악하였으므로, 초기의 시에서는 자연 속으로 돌아가 은둔하려고 생각하였다. 그러나 그는 현실적으로 안정된 삶의 기반인 농장을 가지고 있지 못하였다. 즉 권력층의 사대부가 아니었던 그의 귀거래(歸去來) 의식은 이뤄질 수 없는 꿈이었던 것이다. 그러다가 순조가 즉위하면서 조선사회가 급격하게 변화하는 과정에서 그의 현실인식도 변모하게 된 것이다.

평안도에서 1811년에 일어난 홍경래의 난은 1812년 4월에 정주성이 함락되면서 평정되었다. 그는 이즈음에 마침 평안도를 여행하고 있었는데, 1812년 7월에 정주 현감의 초청을 받고 정주를 방문하였다. 그는 이 방문길에 홍경래의 난에 대한 이야기를 자세히 듣고, 〈서구도올(西寇檮杌)〉이라는 장편의 시를 쓰게 되었다. "도올"이란 원래 악(惡)을 기록하여 경계로 삼는 나무인데, 초나라에서 이 나무의 이름을 따서 역사책의 이름으로 삼았다. 즉 조수삼은 홍경래를 "서쪽의 도적"이라고 생각하여, 그의 죄악을 기록하려고 이 시를 지었던 것이다. 이러한 그의 창작 동기는 이 시의 서(序)에 잘 나타나 있다.

"이 시는 나의 생애가 마침 이때를 당하였고, 나의 몸이 이곳에 노닐고 있었기 때문에 지어졌다. 그래서 나의 귀와 눈을 끌었고, 나의 걱정과 울분을 글로 편 것이니, 오늘의 세태를 탄식한 것일 뿐이다."

즉 그는 자기가 맞닥친 당대의 불행한 사건을 피하지 않고 하나의 역사로 기록한 것이다. 이러한 사건을 당대에 객관적으로 기록하기는 힘든 일이다. 역적인 홍경래를 긍정적으로 평가할 수는 없는 일이면서도, 난리가 일어나게 된 배경을 설득력있게 묘사하여야 하기 때문이다.

(신안의) 농사꾼과 장사치들은 이익을 좋아하고
선비들도 또한 뛰어났네.
땅이름도 옛날에는 신안이라서
이곳에다 사당 세워 (주자를) 제사지냈네.
사람마다 경전을 외우고
집집마다 예법을 익히니,
직하(稷下)에 뛰어난 선비가 많고
기북(冀北)에 훌륭한 말들이 많은 것과 같아라.
구두를 붙여 어린 아이들에게 가르치고
책을 지어 자식들에게 전하였네.

홍경래의 난이 일어나기 전의 서북지방은 경제적으로도 넉넉하고, 예법과 학문도 백성들의 생활 속에 정착된 사회였다. 이처럼 살기 좋았던 지방에 7년 가뭄이 들어 살기가 힘들어지자, 정해진 세금을 내는 것이 큰 문제로 부닥쳐왔다. 가뭄이 오래 계속될 때에는 원래 세금을 조절하게 되어 있었지만, 관리들은 정해진 세금을 그대로 징수하기 위해 백성들을 학대하였다. 그래서 백성들의 마음이 정부로부터 떠나고 의식주를 해결하지 못하는 상황에서 홍경래가 난리를 일으킨 것으로 시인은 묘사하였다.

굶주림과 추위야 참을 수 있다지만
세금이야 어떻게 해야 다 내랴?
관리가 빨리 걷으라 독촉하니
이장은 채찍으로 매를 맞네.
"내가 고생하는 것이 누구 때문이냐?"
문을 두드리며 큰 소리로 꾸짖으니,

가난한 사람은 자식을 팔아먹고
부유하던 사람도 옷을 벗어야 하네.
아끼던 옷까지 버리고 온 몸을 얼리니
열 가지 가운데 한 가지도 채우지 못하네.
이틀밤 자는 동안 밥 짓는 연기도 끊어졌는데
때마침 눈보라까지 휘몰아치네.
서쪽 사람이 백성들을 크게 선동하여
오랑캐의 말을 타고 쳐들어오네.

　　홍경래는 서인으로서 외부에서 쳐들어온 것으로 되어 있
다. 여기서 민중과 홍경래는 분리된 것으로 나타나고, 민중은
가난하고 궁한데 난리까지 만나서 하루에도 일곱, 여덟 번씩
놀라는 상태에 이르게 된다. 조수삼이 파악한 민중은 천연의
재해와 관청의 수탈, 그리고 난리 속에서 핍박받는 것으로 나
타난 것이다.

괴수와 그 무리들을
차례를 나누어 섬멸하였네.
정주 백성들이 어찌 다 죄 없으랴만
곤륜산 불길이 옥석을 가리지 않고 태우는구나.
"내 남편은 늙은데다 눈까지 멀고
내 아이는 어린데다 다리까지 절건만,
성을 나가려 해도 적들이 내보내 주질 않네."
……
십리 밖 정주성 서문에는
죽을 이유도 없는 해골들이 햇볕을 쬐는구나.
적이라 하더라도 협박에 따른 자들은 용서하라고

임금께선 가엾게 여기어 말씀하셨건만,
적이 아니면서도 적으로 죽은 자들을
누구누구 세기가 참으로 힘들어라.
억울한 귀신들이 하늘의 조화를 범하여
전염병이 천지를 더럽히는구나.
살아 남은 자들도 아직 밭을 못갈고
때때로 접동새만 우는데,
병으로 죽은 자가 열 가운데 다섯이고
굶어 죽은 자가 열 가운데 여덟일세.
병들거나 굶어 죽으면 여러 날 괴롭지만
칼날에 죽는 것은 잠깐이니 유쾌해라.
나의 삶은 참으로 괴롭건만
유쾌하게 죽은 자는 꿀처럼 달겠지.

시인은 홍경래의 난 자체에 대해서는 직접적인 평가를 하지 않았지만, 정주성이 함락된 뒤에 관군들이 백성들에게 저지른 횡포를 묘사하면서 관군 측을 비판하고 있다. 죄없이 성중에 갇혀 있던 백성들을 무참하게 살륙하는 모습을 통해서, 관군들이 백성들의 지지를 받지 못하고 있음을 보여줄 뿐만 아니라, 홍경래의 난이 일어나게 된 것도 결국은 관군 또는 관리들의 잘못 때문이었음을 유추할 수 있게 해준다. 그렇지만 조수삼의 이러한 비판이 체제비판까지는 이어지지가 않는다. "적이라 하더라도 협박에 따른 자들은 용서하라고, 임금님께선 가엾게 여기어 말씀하셨건만" 관군들이 백성을 사랑하지 않았기 때문에 이러한 불행이 일어났다고 해석한 것이다.

홍경래의 난을 겪으면서 세계관이 바뀌었던 그는 1822년에 관북 일대를 여행하면서 보고 들은 사실들을 5언절구 100

편으로 표현하였다. 〈북행 백절〉에 실린 이 시들은 음풍농월
이 아니라, 거의가 민중들의 어려운 삶에 대한 동정과 관리들
의 부정부패에 대한 비판이다.

　　녹봉을 떼어서 세금낼 돈을 채워 넣고
　　창고를 열어서 굶주린 입들을 먹여 살리네.
　　할애비 할미 어리석은 자들까지도
　　어진 사또님 오셨다고 입 모아 칭찬하네.

　　보릿고개 넘기느라 쭉정이 다섯 되 꾸어다간
　　가을 되면 알곡 열 되를 실어다 바친다네.
　　애써 거둔 곡식들은 다 어디로 갈까
　　아전들의 창자만 날마다 배불리겠지.

　　출가했다면서도 가정이 있어
　　불자가 불손(佛孫)을 낳았구나.
　　장정으로 태어난 게 유독 무슨 죄라고
　　매맞는 소리가 관청 뜨락에 가득해라.

　위의 시들은 조선후기의 병폐였던 삼정(三政)의 실태를 묘
사한 것이다. 첫번째 시에서는 흉년 때문에 세금을 조절해 주
는 사또가 백성들로부터 칭찬받는 모습을 그렸다. 두 번째 시
에서는 환곡제도를 악이용하여 자기의 배를 채우는 아전을
비판하고, 세 번째 시에서는 군포를 감당하기 힘들어서 중이
된 어느 장정을 내세워서 군역제도를 풍자하였다. "중이 아내
를 데리고 아들을 낳으니 평민과 다름이 없다. 다만 머리를
기르지 않고 마늘을 먹지 않을 뿐인데, 재가승(在家僧)이라고

부른다. 정역(丁役)을 면하려고 하는 자들이 많이 이렇게 한
다."고 한 조수삼 자신의 주(註)를 보아서도 알 수 있는 것처
럼, 중들에게는 군역의 의무가 없으므로 병역을 피하기 위해
서 할 수 없이 법적으로 중이 되는 장정들이 많았음을 풍자한
것이다.

〈북행 백절〉에는 이밖에도 정상적인 삶을 살지 못하고 은
광을 찾아가거나 밀무역을 하는 민중들을 그리면서, 양반 위
주의 여러 제도 때문에 삶의 기반을 잃고 떠돌아 다니는 처절
한 민중들의 모습을 보여주고 있다. 사림(士林)들이 현실을 초
탈하여 자연 속으로 돌아가서 조화로운 삶을 영위하며 그것
을 시로 형상화하고자 하였다면, 추재는 이와 반대로 자연에
서 벗어나 인간적인 현실로 회귀하고자 하였으며, 그 속에서
민중의 삶을 발견하고 그것을 시로 형상화하고자 하였다. 〈기
이(紀異)〉에서 발견되는 것도 서민적인 덕성이며, 조수삼 자신
이 이러한 덕성에 공감하였던 것이다.

原詩題目 찾아보기

172

옮긴이 **허경진**은 연세대학교 국어국문학과를 졸업하고,
같은 대학원에서 문학박사 학위를 받았다. 목원대학교 국어교육과 교수와
열상고전연구회 회장을 거쳐, 연세대학교 국문과 교수를 역임했다.
《한국의 한시》 총서 외 주요저서로는 《조선위항문학사》, 《허균 평전》,
《허균 시 연구》, 《대전지역 누정문학연구》,
《성호학파의 좌장 소남 윤동규》 등이 있고,
옮긴 책으로는 《연암 박지원 소설집》, 《매천야록》,
《서유견문》, 《삼국유사》, 《택리지》, 《허난설헌 시집》,
《주해 천자문》, 《정일당 강지덕 시집》 등 다수가 있다.

韓國의 漢詩 31

秋齋 趙秀三 詩選

초   판 1쇄 발행일   1997년 1월 15일
개   성   판 1쇄 발행일   2023년 9월 20일

옮 긴 이   허경진
만 든 이   이정옥
만 든 곳   평민사
          서울시 은평구 수색로 340 〈202호〉
          전화 : 02) 375-8571
          팩스 : 02) 375-8573
          http://blog.naver.com/pyung1976
          이메일   pyung1976@naver.com
등록번호   25100-2015-000102호
ISBN   978-89-7115-030-6 04810
           978-89-7115-476-2 (set)
정   가   13,000원